Manuela Schneider

GERONIMO
DER APACHEN-KRIEGER BAND 1

FREI WIE DER WIND

EK-2 MILITÄR

Ihre Zufriedenheit ist unser Ziel!

Liebe Leser, liebe Leserinnen,

zunächst möchten wir uns herzlich bei Ihnen dafür bedanken, dass Sie dieses Buch erworben haben. Wir sind ein kleines Familienunternehmen aus Duisburg und freuen uns riesig über jeden einzelnen Verkauf!

Mit unserem Label *EK-2 Militär* möchten wir militärische und militärgeschichtliche Themen sichtbarer machen und Leserinnen und Leser begeistern.

Vor allem aber möchten wir, dass jedes unserer Bücher **Ihnen ein einzigartiges und erfreuliches Leseerlebnis** bietet. Daher liegt uns Ihre Meinung ganz besonders am Herzen!

Wir freuen uns über Ihr Feedback zu unserem Buch. Haben Sie Anmerkungen? Kritik? Bitte lassen Sie es uns wissen. Ihre Rückmeldung ist wertvoll für uns, damit wir in Zukunft noch bessere Bücher für Sie machen können.

Schreiben Sie uns: info@ek2-publishing.com

Nun wünschen wir Ihnen ein angenehmes Leseerlebnis!

Heiko, Jill & Moni
Von EK-2 Publishing

Vorwort

Ich widme diese Buchreihe den verschiedenen Gruppen der Apachen und ihrem beispiellosen Kampf um die Freiheit. Ihre Kultur hat mich von Anfang an fasziniert. Nachdem ich als Kind wie so viele in Deutschland mit meinen Jugendhelden Winnetou und Old Shatterhand aufgewachsen bin, war ich dementsprechend enttäuscht, dass alles nur reine Fiktion von Karl May war. Er hat die Geschichten zwar glaubwürdig geschrieben und natürlich waren sie unterhaltsam, aber ich wollte endlich die Wahrheit über das Volk der Apachen herausfinden und habe mich so auf den Weg in den Südwesten der Vereinigten Staaten begeben. Dort begann ich mit meiner jahrelangen Recherche.

Oftmals werden diese außergewöhnlichen Kämpfer einseitig und als brutale Mörder in den Geschichtsbüchern und Hollywood-Filmen dargestellt oder eben als rein fiktive und verklärte Variante wie damals von Karl May. Je tiefer ich in die Recherche eintauchte, umso mehr faszinierten mich die Apachen, ihre legendären Führer, aber auch ihre Spiritualität und Bräuche.

Gleichzeitig aber erfuhr ich, wie viel unfassbares Grauen dieses Volk ertragen musste und wie vehement es sich zur Wehr setzte und dabei den Weißen und den Mexikanern in nichts nachstand, wenn es um tödliche Präzision ging.

Die Buchreihe über die Apachen-Kriege ist bewusst teilweise aus der Sicht der wohl charismatischsten Anführer, Geronimo und Cochise, sowie auch aus der Sicht der beteiligten Offiziere der amerikanischen Armee erzählt, um dem Leser die Hintergründe für ihren unvergleichbaren Freiheitskampf sowie die Zusammenhänge, die zu diesem erbitterten Krieg geführt haben, näher zu bringen. Obwohl die Dialoge in dieser Buchreihe Fiktion sind, entsprechen die Ereignisse und Jahreszahlen aber dem wahren historischen Hintergrund.

Es handelt sich um eine verhältnismäßig junge Geschichte, denn Geronimo verstarb erst im Jahr 1909 als

Kriegsgefangener im Exil, weit entfernt seiner ursprünglichen Heimat. Die Apachen waren die außergewöhnlichsten Guerilla-Kämpfer und Athleten, die man sich überhaupt vorstellen kann. Ihr Mut und ihre Furchtlosigkeit suchen bis zum heutigen Tag ihresgleichen.

Es war das Volk der Apachen, das am längsten der weißen Übermacht standhielt, und nicht nur das, denn sie bekämpften zum gleichen Zeitpunkt die drohende Versklavung durch die Mexikaner. Ihr Leben war ein Kampf an allen Fronten und dennoch führten sie ihn mit einem nie dagewesenen Mut und einem unbeugsamen Willen. So wundert es nicht, dass die amerikanische Armee bis zum heutigen Tag die ein oder andere Militäraktion und Teile ihres Kampfequipments nach diesem Stamm und seinen Häuptlingen benennt. Man denke dabei nur an den bekannten Kampfhubschrauber AH-64 Apache oder die Operation Geronimo gegen Bin Laden, wobei dieser Code-Name später zu heftigen Kontroversen geführt hatte.

Diese Buchreihe soll auf unterhaltsame Art dem Leser einen Einblick in die Zusammenhänge, die zu einem jahrelangen, erbarmungslosen Krieg geführt haben, aber auch in die Kultur dieses Volkes geben.

Historische Figuren

Apachen:
Goyahkla – Der, welcher viel gähnt, wurde später unter dem Namen Geronimo berühmt
Taklishim – Vater von Geronimo
Juana – Mutter von Geronimo
Alope – erste Frau von Geronimo
Cheehashkish – zweite Frau von Geronimo
Nanathathtith – dritte Frau von Geronimo
Mangas Coloradas – Häuptling der Bedonkohe, Schwiegervater von Cochise
Dasoda-Hae – Apachen-Name von Mangas Coloradas
Cochise – Häuptling der Chokonen, auch Chiricahua Apachen genannt
Taza – ältester Sohn Cochises
Naiche – jüngerer Sohn von Cochise, späterer Häuptling
Chato – Häuptling der Chihenne Apachen
Nana – Anführer der Chihenne und Schwager von Geronimo
Nah-Dos-Te – Schwester von Geronimo und Nanas Frau
Kaytennae – Unterhäuptling von Nana

Die Apachen Stämme:
Bedonkohe: zentrales und östliches Arizona, zentrales und westliches New Mexico
Stamm von Mangas Coloradas und Geronimo
Chokonen: Süd-Arizona
Stamm von Cochise, Taza, Naiche, Chihuahua und Chato
Chihenne oder **Mimbreños**: Mimbreños Berge New Mexico
Stamm von Viktorio, Lozen, Loco, Kaytennae und Nana
Nednhi: Sonora Berge und Chihuahua Nord-Mexiko
Stamm von Juh und Alope

US-Armee:
George Nickolas Bascom 1837-1862
James Henry Carlton 1814-1873
Bernard J.D. Irwin 1830-1917
Kid Carson 1809-1868
Felix Ward, später Mickey Free genannt, wurde entführt, diente später als Scout, 1847-1914

Begriffe der Apachen

Ndeh – die Leute, so nannten die Apachen sich selbst
Ussen – der Schöpfer (Gott)
Teniente – Leutnant
Nakai-Yes – Mexikaner Plural
Naikai-Yi – Mexikaner Einzahl
Weißaugen – die Weißen
Pindah-Lickoyee – die Feinde mit den hellen Augen (Weiße)
Nantan – Anführer
Blaujacken – Soldaten
Pesh – Eisen
Enjuh! – Es ist gut!
Eine Sonne – ein Tag
Ein Mond – ein Monat
Zwei Hände – zehn Stück
Eine Hand breit – eine Stunde
Brennendes Wasser – Mescal oder andere Spirituosen
Tizwin – vergorenes Maisbier
Huachuca – der Donner
Happy Place – Jenseits
Geisterpony – heiliges Pferd, das einen Sterbenden in das Jenseits trägt
Tobaho – Tabak
Ish-Kay-Neh – der Junge
Eine Ernte – ein Jahr
Zeit der vielen Blätter – Frühsommer
Zeit des Geistgesichts – Winter

Kapitel 1

Erinnerungen in Fort Sill, Oklahoma 1909

Ich bin ein Gefangener und habe meine Heimat schon viele Ernten nicht mehr gesehen. Heute bin ich ein alter Mann, aber die Weißaugen fürchten mich noch immer. Wer aber war der grausamere Feind – die Nantans der Helläugigen oder wir Ndeh, die ihr Apachen nennt? Höre unsere Geschichte und entscheide du.

Einst waren wir frei und zogen durch das Land, welches die Bäuche von Generationen unserer Vorfahren gefüllt und unsere Herzen glücklich gemacht hat. Wir waren diejenigen aller roten Kinder unserer Mutter Erde, die am längsten um ihre Heimat und Lebensform kämpften. Unsere Krieger waren gefürchtet und nicht nur die Weißaugen, sondern auch die verhassten Mexikaner zitterten vor uns.

Unser Leben war gut. Wir hatten alles, was wir brauchten, bis zu viele Männer von jenseits des großen Wassers in unser Gebiet kamen und uns unser Land wegnahmen. Sie suchten nach dem gelben Metall und dem grauen Stein, den sie Silber nennen. Plötzlich waren unsere Wanderrouten durchzogen von Zäunen der großen Haziendas und wir konnten unsere Heimat nicht mehr frei durchstreifen. Man zwang uns, auf einem kleinen Flecken verdorrter Erde zu leben und Mais und Kürbis anzubauen. Das Land, das sie uns dafür gaben, war genauso wenig für den Ackerbau geeignet wie wir. Es lag nicht in unserer Natur, ständig an einem Ort zu leben. Es entsprach nicht der Kultur und den Bräuchen der Ndeh, wie wir uns selbst nennen. Wir waren Jäger und Sammler und zogen mit den Jahreszeiten und dem Wild dorthin, wo der Wind der Berge der Sierra Madre uns hintrug.

Nur ein Narr hätte uns gezwungen, in dem Gebiet zu leben, das unseren Feinden gehörte. Nur ein Mensch voller Grausamkeit hätte unseren Kindern die geliebte Heimat genommen, sie aus den Armen der Mütter gerissen und ihnen verboten, ihre eigene Sprache zu sprechen. Nun, der weiße Mann ist beides, ein Narr und eine grausame Kreatur.

Wir verloren unsere Freiheit, als wir uns der Übermacht der Blaujacken beugten und schließlich in die Reservate zogen. Wir waren müde von der ständigen Flucht und hatten zu viele unserer Krieger verloren. Zuerst war das Leben in den Reservaten gut. Zumindest dachten wir das die ersten paar Monde, denn wir mussten unser Essen nicht in der Wüste oder in den Bergen jagen und waren nicht mehr ständig auf der Flucht vor den Feinden. Aber schon bald änderte sich das alles so sehr, dass es uns unerträglich wurde, in dem zugewiesenen Gebiet zu bleiben.

In den ersten Monden wurden unsere Familien wieder stärker, denn in den Reservaten verloren wir keine Krieger und Frauen im Kampf und mehr Kinder wurden geboren. Aber dann machten uns die Krankheiten der Weißaugen schwach. Die Hustenkrankheit nahm uns viele unserer Frauen, Töchter und Söhne.

Unseren Kindern ging es schlecht in den Schulen der Weißaugen. Sie wurden gezwungen, Dinge zu lernen, die ihnen nicht helfen würden im kargen Land zu überleben. Wir durften ihnen nicht mehr beibringen, was sie für ein Leben als Ndeh wissen mussten. Die meisten unserer Söhne und Töchter sahen wir nie wieder und die wenigen Kinder, die zu uns zurückkamen, waren dann beinahe erwachsen und uns fremd. Sie kannten unsere Bräuche nicht mehr und sprachen unsere Sprache nicht. Sie waren wie Weißaugen, aber mit der roten Haut unserer Vorfahren.

Unsere Krieger litten darunter, eingesperrt und kontrolliert zu sein. Die Freiheit war das Wertvollste, was wir besaßen. Als wir erkannten, dass die Weißaugen immer nur Lügen nutzten, um uns zu bezwingen und korrupte Indianerbeauftragte lieber ihre eigenen Taschen füllten als unsere Töpfe mit Fleisch, haben wir schließlich den einen Weg gewählt, den wir am besten kannten: den Pfad des Kämpfers.

Es war an der Zeit, uns wieder für diese Freiheit zu entscheiden, wenn wir als Ndeh weiterleben wollten. So beschlossen wir eines Tages lautlos aus dem Reservat zu verschwinden und unser altes Leben wiederaufzunehmen. Damals verstand ich noch nicht, dass unsere Art durch das Land zu ziehen schon sehr bald gar nicht mehr existieren würde, aber wir kannten nichts anderes. Wir vertrauten unserem Schöpfer Ussen. Er würde uns leiten im Leben wie auch im Sterben.

Wir Apachen fürchten den Tod nicht, denn wir wussten schon immer, dass wir am Ende unseres Lebens zu unserem Happy Place, dem Ort des Glücks gehen würden. Unser Mut und der ungebrochene Wille zu überleben, machten uns zu dem Volk, das als die am meisten gefürchteten Kämpfer der amerikanischen Pioniergeschichte bekannt werden sollte.

Ich rauche die Zigarette, die mir einer der Blaujacken geschenkt hat. Den Rauch blase ich in die vier heiligen Himmelsrichtungen, wie es unser Glauben verlangt. Unter diesem Baum hier in Fort Sill, Oklahoma, erinnere ich mich an alles, als ob die Tage der Kämpfe erst gestern waren. Meine Brust ist mit Stolz auf mein Volk erfüllt, aber auch mit Trauer. Ich weiß nicht, ob überhaupt noch Kinder von mir am Leben sind. Ich hoffe es. Die meisten meiner Frauen, die im Lauf der Jahre meine Gefährtinnen gewesen waren, sind bereits vorausgegangen in das Land unserer Vorfahren. Sie waren mutig und voller Liebe. Neun Kinder haben sie mir geschenkt und ich vermisse sie alle. Die meisten meiner Töchter und Söhne wurden umgebracht. Einige starben durch Krankheit wie mein Sohn Chappo. Er hat die Hustenkrankheit in der Schule der Weißaugen bekommen. Als er zurückkam, war sein Körper schwach. Er kleidete sich wie die Weißaugen und sein Gesicht war blass wie das eines Berggeistes. Ich erinnere mich an die eingefallenen Wangen und die Flecken des Bluts, die nach jedem Husten auf dem Stück Stoff in seiner Hand waren. Er ist nun an einem besseren Ort.

Bald werde ich ihn wiedersehen. Ich weiß es, denn ich besitze die Kraft, die die Weißen Visionen nennen. Mein Geist hat mir gezeigt, dass dieser Ort der letzte meines Lebens sein wird, bevor ich zu unserem Land des Glücks gehe.

Mein Name ist Goyahkla. In der weißen Sprache heißt das: *Der, welcher viel gähnt.* Es war meine Mutter, die mich vor so vielen Wintern so nannte. Die Weißen aber kennen mich nur unter dem Namen, den mir die Nakai-Yes, die Mexikaner, während meines Kampfes gegen sie gegeben haben – Geronimo. Bis heute fürchten die Nakai-Yes und die Weißaugen mich. Bis heute würde ich sie töten, wenn ich könnte.

Ich bin genauso bekannt wie der große weiße Vater, der mich zu seiner Parade eingeladen hat. Damit wollte er wohl zeigen, dass man sogar den gefährlichen Geronimo besiegt hat. Ja, die Weißaugen haben unsere Körper gefangengenommen, aber unseren Geist und unseren Kämpferwillen werden sie nie besiegen können. Wir werden immer die Ndeh – die Leute – sein und wenn wir sterben, wird unser Geist zurückkehren und über den geliebten Chiricahua Bergen und Ojo Caliente kreisen. Frei wie wir einst waren, werden wir zurückkehren in unsere geliebte Sierra Madre.

Ich bin ein Anführer der Apachen aus dem Stamm der Bedonkohe. Wir haben uns das Land mit unseren Brüdern und Schwestern, den Chihenne, den Chokonen und den Nednhi geteilt. Wir waren die Ndeh, die ihre Heimat in den Bergen hatten. Es gibt noch weitere Apachen-Völker in den Prärien wie die Jicarilla- und Kiowa-Apachen, aber diese waren nie unsere Verbündete. Manche waren sogar unsere Feinde. Ihr Kampf gegen die Soldaten und Siedler der Weißaugen endete schon weit vor unserem.

Die Pindah-Lickoyee, wie wir die Feinde mit den hellen Augen nennen, gaben uns einfach den Namen des Gebiets, durch welches wir viele Generationen lang frei gezogen sind. Und so wurden meine Familie und Stammesmitglieder zu den Chiricahua-Apachen, benannt nach den Bergen, wo wir einst vor vielen Ernten zu Hause waren.

Unsere Feinde haben die Zusammenhänge unserer Gruppen nie verstanden, genauso wenig wie unsere Bräuche und unseren Glauben. Hätten sie es wenigstens versucht, wäre viel Blutvergießen verhindert worden.

Es sind schon einige Ernten vergangen, seit uns die eisernen Wagen ins Exil weit weg von unserer Heimat brachten. Ich habe jahrelang davon geträumt, meine geliebten

Chiricahua-Berge wiedersehen zu können, aber nach all den Wintern der Lügen kann ich den Blaujacken in den Forts nicht mehr glauben. Zu oft haben sie uns Versprechungen gemacht, zu oft haben die Pindah-Lickoyee, die weißen Feinde jedes dieser Versprechen gebrochen.

Ich vermisse die Sonne auf meiner Haut und den Geruch der Wüste nach dem Regen. Ich denke oft an die Wärme der roten Felsen am Abend und an das Rauschen des Windes in den Bergen, der zu mir gesprochen hatte wie die Stimmen meiner Vorfahren.

Heute weiß ich, dass ich meine Heimat erst wiedersehen darf, wenn ich mein Leben hier beendet habe. Der Ort, den die Weißen Jenseits nennen, wird wie mein Zuhause sein – nur viel besser. Mein Geist wird zu meinen Vorfahren und unserer Art zu leben zurückkehren, wenn Ussen, unser Schöpfer mich ruft. Ja, unser Leben war gut, frei und machte uns glücklich bevor diese weißen Kojoten in unser Land einfielen wie lästiges Ungeziefer. Mit ihnen änderte sich alles für uns Ndeh. Wir haben uns unser altes Leben zurückgewünscht und tun es noch heute.

Ein Mann, der Geschichten in seltsamen Spuren auf ein Papier schreibt, fragte mich einmal, ob ich den Kampf bereue und ich es als Schande sehe, dass mein Volk besiegt wurde. Ich habe ihn ausgelacht und mit gerader Zunge geantwortet:

»Obwohl wir alles verloren haben, bin ich dennoch stolz auf mein Volk. Wir haben einen furchtlosen Krieg gegen euch Weißaugen geführt. Einen Kampf, so blutig und grausam, wie man so nie wieder im Land gesehen hat, denn die Ndeh sind tapfere Männer und mutige Frauen, die genauso gut und stark sind wie unsere Krieger. Die Häuptlinge, die an meiner Seite um die Freiheit gekämpft haben, waren die besten Anführer, die ein Volk haben konnte. Nein, die Blaujacken haben uns nicht besiegt. Warum glaubst du, sitzt du hier mit mir in diesem Fort, um meine Geschichte zu hören? Meine Männer und ich wurden nicht gefangen genommen. Keiner konnte uns in den Bergen besiegen. Erst als ich selbst entschieden habe, dem Nantan des Forts meine Waffen zu geben, konnte man mich und die Chiricahua in den eisernen Wagen laden und an das große Wasser fahren. Kein Weißauge konnte mich gefangen nehmen. Ich könnte dich noch heute ohne Waffen töten, mein junger Freund. Erzähle das den Weißaugen mit deinem Papier.«

Ich muss noch immer lachen, wenn ich daran denke, wie weiß sein Gesicht wurde – beinahe so wie die Wand des Forts. Ich hoffe, er erzählt den Leuten die Wahrheit.

Ich habe mit vielen Weißaugen gesprochen, seit sie uns zum großen Wasser gebracht haben. Die meisten Geschichten, die die Blaujacken und die weißen Siedler über uns erzählen, sind nichts als Lügen. Deshalb muss ich die Wahrheit über mein Volk lebendig halten und den Menschen sagen, wie es wirklich war. Die Weißaugen berichten nur ihre Seite der Ereignisse und vergessen dabei, dass wir viele Gründe hatten zu kämpfen und zu töten. Die Pindah-Lickoyee, unsere weißen Feinde und die Nakai-Yes, die Mexikaner erzählen den Menschen nicht, was sie mit meinem Volk gemacht haben und dass ihre Art zu kämpfen beinahe zur kompletten Auslöschung aller Ndeh geführt hat. Dabei war ihnen jedes Mittel recht. Mit Ehre zu kämpfen war den meisten unserer Feinde fremd. Ihre Versprechen haben sie alle gebrochen.

Solange noch einige von uns am Leben sind, werden wir die alten Legenden aufrechterhalten, damit unsere Kinder niemals vergessen, von welchem tapferen Volk sie abstammen und welche Heldentaten ihre Väter und Großväter vollbracht haben. Sie dürfen nicht vergessen, dass sie Ndeh sind, das Volk, das Ussen, unser Schöpfer geschaffen hat. Ich bete jeden Morgen zu ihm, dass nicht alle Ndeh vernichtet wurden und wir doch irgendwie noch weiter existieren können, auch wenn alle großen Krieger unseres Volkes tot sind. Sie sind vorausgegangen zum Land unserer Vorfahren. Sie zeigten dabei keine Furcht, so wie es unserem Volk entspricht. Auch ich fürchte den Tod nicht, weil ich weiß, dass ich alle schon bald wiedersehen werde. Ich höre den rasselnden Atem in meiner Lunge und meine Tage in Gefangenschaft sind gezählt. Jeder Atemzug bringt mich näher an die Freiheit. Endlich frei sein.

Höre meine Worte. Ich bin Goyahkla und dies ist die Geschichte der Ndeh, die ihr Apachen nennt.

Kapitel 2
Die frühen Jahre – Umzingelt von Feinden

Wir mussten immer kämpfen. Beutezüge und kleinere Schlachten waren ein fester Bestandteil unseres Lebens, aber eines Tages schien unsere gesamte Heimat zu einem einzigen Schlachtfeld geworden zu sein. Die verschiedenen Gruppen unseres Stammes sahen sich plötzlich von beiden Seiten der Grenze von Feinden umgeben. Wir verstanden nicht, warum. Heute weiß ich, dass die Mexikaner ihr nördliches Land wie eine alte Kuh, die keine Milch mehr gab, an die amerikanischen Siedler verkauft hatten. Wir stellten uns der Übermacht und der Tatsache, plötzlich auf beiden Seiten der Grenze verfolgt zu werden, denn wir kannten keine Furcht. Mit der Klugheit des Kojoten gelang es uns, den Soldaten beider Regierungen das Leben schwer zu machen und sie über Jahre in Angst und Schrecken zu versetzen.

Die Stammesältesten erzählten uns oft von der Zeit, bevor die Weißaugen in unser Land kamen und von den Kämpfen mit den Comanchen, denen wir anfangs versuchten, die Büffel streitig zu machen. Die Comanchen waren schon immer unsere Feinde gewesen. Als Reiter waren sie uns überlegen. Sie hatten viele Pferde und wir versuchten uns von Kämpfen mit ihnen fernzuhalten. Da unsere Heimat weiter im Westen und Süden lag, hatten wir weniger Kontakt zu ihnen als die Mescalero-Apachen und das war gut so.

Allerdings kamen die gierigen Spanier aus dem Süden dazu, sodass auch unsere Gruppen der Ndeh schon bald ständig in Kämpfe und Raubzüge verwickelt waren. Wir nutzten das unwegsame Gelände der Berge aus, um von dort aus unsere Feinde zu plündern. Da uns die

Comanchen mit ihren Pferden von den Büffelherden fernhielten, mussten meine Vorfahren andere Wege finden, die hungrigen Bäuche zu füllen. Wir entwickelten uns zu gefürchteten Wegelagerern und überfielen regelmäßig die mexikanischen Haziendas und so manche Ranch der weißen Siedler, die immer zahlreicher in das Gebiet kamen. Wenn uns schon der Büffel verwehrt blieb, hielten wir uns eben an den Rinderherden der Eindringlinge schadlos. Für uns machte es keinen Unterschied, denn auch das Fleisch der Rinder schmeckte uns und machte uns satt. Pferde und Maultiere stahlen wir hauptsächlich, um unsere Bäuche zu füllen. Wir waren zwar gute Reiter, wurden aber nie ein solches Reitervolk wie die Comanchen der Prärie. Sie stahlen die Pferde der Feinde für Ansehen, denn je mehr Pferde ein Krieger der Comanchen besaß, umso höher war sein Rang im Stamm.

Ich kam in dem Monat der großen Blätter, den die Weißaugen Juni nennen, auf die Welt. Im Jahr 1829 lebte meine Familie noch frei in den Mogollonbergen. Mein Vater Taklishim und meine Mutter Juana rollten mich eingewickelt in ein Tuch in alle vier Himmelsrichtungen über den Boden, so wie es der Brauch wollte.

Für uns stehen Süden, Westen und Osten für die Grenzenlosigkeit unserer Heimat. Norden aber steht für die Vergangenheit der Ndeh, denn einst kamen wir von dort aus der eisigen Kälte in unsere geliebten Berge und die Sonora-Wüste.

Meine Mutter nannte mich Goyahklah, *der, welcher viel gähnt*. Wir Apachen ändern unseren Namen im Laufe unseres Lebens zwar öfters, aber ich erinnere mich noch genau an den Namen, mit dem mich meine Familie zu sich rief.

Als ich nach einiger Zeit die ersten unsicheren Schritte tat, kam der Schamane in unseren Wicki-Up-Unterstand aus Zweigen und trockenem Gras und vollführte die heilige Zeremonie der ersten Mokassins, die mir meine Mutter aus gegerbtem Leder genäht hatte. Kaum konnte ich gehen, lernte ich das Reiten und damit auch das blitzschnelle

Anschleichen und Zuschlagen. Die Apachen waren schnell wie der tödliche Biss von Schwester Schlange.

Als Junge blieb mir nicht viel Zeit, um ein ausdauernder Krieger zu werden. Wir rannten Meile um Meile mit nur einem Schluck Wasser oder einem Kieselstein im Mund. So wurde uns Durchhaltevermögen auch ohne Trinkwasser und die richtige Atemtechnik beigebracht, damit wir lange Strecken im unwegsamen Gelände und in der heißen Sonora-Wüste zurücklegen konnten. Wir hielten längere Märsche zu Fuß bedeutend besser durch als die Soldaten auf ihren Pferden. Da wir ständig auf Wanderschaft durch die Berge und Wüste waren, mussten schon die Kinder gute Läufer sein. Nicht selten liefen wir so dreißig Meilen und mehrere Stunden, ohne in einem Lager auszuruhen.

Alle Söhne und Töchter der Apachen übten sich im Umgang mit der Steinschleuder, dem Messer und der Steinkeule. Je besser die Kampftechnik war, umso größer die Chance, siegreich aus einem Zweikampf hervorzugehen. Wir konnten unser Leben auch ohne Feuerwaffen verteidigen und fürchteten uns nicht vor dem Kampf Mann gegen Mann. Selbst die Frauen waren im Umgang mit Waffen bedeutend geschickter als viele Männer der Blaujacken.

Die älteren Krieger brachten uns früh bei, auf die Jagd zu gehen und überall Nahrung und Wasser zu finden, auch dort, wo es scheinbar beides nicht gab. Wir kannten jede noch so kleine Quelle in dem großen Gebiet unserer Heimat.

Die Frauen sammelten Beeren und Eicheln sowie Wacholder. Sie rieben Mais oder Bohnen der Mesquite-Bäume zwischen den Steinen und buken daraus Brot am Feuer. Dabei schwatzten und lachten sie.

Die Mütter zeigten den Töchtern, wo es die wilden Kräuter, Zwiebeln und Beeren gab und wie man daraus Essen machte, das wir Krieger in unseren Beuteln aus Leder auf Raubzüge mitnehmen konnten. Sie trockneten Fleisch, zerstampften es in den Metabe-Steinen und mischten es dann mit Fett und Blaubeeren oder anderen getrockneten Früchten. Wir nannten diese Nahrung Pemmikan. Sie machte satt, gab uns Kraft und wurde auch im Sommer nicht schlecht.

Unsere Kinder arbeiteten hart, sammelten Brennholz für die Kochfeuer und zogen mit dem Stamm von Lagerplatz zu Lager und von Quelle zu Quelle. Oftmals liefen wir die ganze Nacht hindurch, ohne auszuruhen und wagten nicht zu klagen, auch wenn wir sehr müde waren.

Unsere Unterstände bauten wir aus Zweigen und trockenem Gras, so dass wir Schutz vor der sengenden Sonne hatten und in der Nacht um ein wärmendes Feuer herum schlafen konnten, denn die Nächte in den Bergen unserer Heimat waren oftmals sehr kalt.

So konnten die Ndeh im Gegensatz zu unseren Feinden ohne Probleme in der Wüste oder auch in den Bergen überleben. Wir waren unabhängig und frei wie die Falken in der Luft. Nur in Zeiten des Kampfes mussten wir unserem Anführer folgen und bei unserem Stamm bleiben.

Bei einem unserer Streifzüge fragte ich meinen Vater einmal, warum wir nicht auch den Bären jagten.

»Goyahkla, der Bär war einst unser Bruder. Das war vor langer Zeit, als wir Ndeh noch weit oben im Norden lebten. Wir halten uns an das Versprechen Bruder Bär in Ruhe zu lassen und auch er meidet uns. Halte dich an die Regeln der Alten, mein Sohn. Niemals sollst du eine Waffe gegen Bruder Bär und Schwester Schlange benutzen. Auch den Fisch in den Flüssen sollst du nicht essen. Du würdest damit großes Unheil über deine Familie bringen.«

Obwohl ich meistens die Regeln der Alten befolgte, gab es auch Zeiten, in denen das rebellische Blut des jungen Kriegers in mir gegen die Vernunft gewann. Als zwei meiner Freunde und ich zu jungen Männern heranwuchsen, machten wir uns heimlich an den Vorrat mit Tizwin-Bier. Unsere Frauen brauten es aus vergorenem Mais. Da wir nicht daran gewöhnt waren, zeigte das Tizwin rasch seine Wirkung. Ziemlich angetrunken beschlossen wir zu dritt, auf einen Raubzug zu gehen, um uns Anerkennung unter den älteren Kriegern zu verschaffen.

»Lasst uns gute Beute machen. Es ist an der Zeit, dass Goyahkla und seine Freunde am Ratfeuer sitzen können«, schlug ich betrunken vor.

Wir sahen uns bereits als tapfere, erwachsene Kämpfer. Hätten die Stammesälteren davon gewusst, hätten wir wohl eine Tracht Prügel bezogen. So aber machten wir uns auf den Weg und wurden nach kurzem Ritt mit dem Auftauchen von Don Ramons Schmugglerbande belohnt. Er war in der Gegend bekannt und hatte reichhaltige Beute dabei, die auf mehr als drei Dutzend Maultiere verteilt war. Aber nicht nur Packtiere begleiteten die Kolonne, sondern auch eine Eskorte von zwanzig mit Säbeln und Musketen bewaffneten Männern, die das Hab und Gut des in der ganzen Gegend als wohlhabend bekannten Don Ramon bewachten.

»Das ist ein gefährlicher Überfall, Goyahkla. Sie haben viele Kämpfer dabei«, gab einer meiner Freunde zu bedenken.

Ich schüttelte den Kopf.

»Die Krieger erzählen immer wieder, wie schlecht die Nakai-Yes kämpfen. Willst du als Krieger gesehen werden oder bist du ängstlich wie ein altes, zahnloses Weib der Nakai-Yes?«, provozierte ich meinen Freund.

Da wir drei nach Anerkennung innerhalb unserer Familien dürsteten, missachteten wir die Überzahl der bewaffneten Wachen und beschlossen schließlich die Reiter trotzdem zu überfallen. Angetrunken wie wir waren, war uns die Gefahr, in die wir uns und unsere Familien brachten, gar nicht bewusst. Die beladenen Maultiere jedoch hatten unsere Aufmerksamkeit erregt. Ich zeigte auf sie.

»Schau auf die Packtiere. Sie sind schwer beladen. Das wird eine fette Beute für uns. Stellt euch vor, wie uns die anderen Ndeh feiern werden, wenn wir ihnen viele Dinge ins Lager bringen.«

Wir mühten uns mit den veralteten Waffen eines Kriegers ab, die wir heimlich aus dem Lager geschmuggelt hatten. Schließlich gelang es uns, das alte Vorderlader-Gewehr und die Pistole, die wir dem Krieger aus seinem Wicki-Up gestohlen hatten und bei uns trugen, abzufeuern. Das Donnern der Schüsse zusammen mit unserem wilden Kriegsgeschrei und einigen ziellos abgeschossenen Pfeilen sorgten für ein heilloses Durcheinander in Don Ramons Truppe.

Offensichtlich schätzten die Nakai-Yes auf ihren Pferden die Situation völlig falsch ein und schienen überzeugt, dass ein ganzer Stamm der gefürchteten Apachen ihnen nach dem Leben trachtete. Die Wachen flohen wie die wilden Hasen in der Wüste und verschwanden noch schneller als Don Ramon selbst. Zu unserer Überraschung ließen die Männer die reichlich bepackten Maultiere ohne Kampf zurück. Langsam wagten wir uns aus unserem Versteck hinter den großen Felsen und konnten kaum glauben, welch reiche Beute wir ohne Kampf gemacht hatten.

»Schaut, sie haben Vorräte bei sich. Da sind Mais und Bohnen für unsere Frauen.«

Ich untersuchte indes große Ballen Stoff, den wir für unsere Kleidung nutzen konnten.

»Das ist mehr Beute als unser ganzer Stamm tragen kann. Ich bin sicher, die Alten werden uns heute zu Kriegern ernennen«, erklärte ich voller Stolz.

Heute weiß ich, dass Ussen uns beschützte, denn wir waren Narren gewesen und hatten nicht nur unser eigenes Leben riskiert, sondern auch das unserer Familien, die in der Nähe lagerten. Wären Don Ramons Männer uns in das Lager gefolgt, hätte es wahrscheinlich ein schlimmes Blutvergießen gegeben. Aber das Glück blieb an unserer Seite und wir wurden die ganze Nacht als tapfere Krieger gefeiert, denn die Beute war so reichhaltig, dass unsere Leute tatsächlich nicht alles in unser Lager trugen.

Die Frauen versuchten so viel wie möglich von den Säcken voll mit Bohnen, Mais und Korn, aber auch Stoff zu unseren Wicki-Ups zu bringen. Unsere Kleidung bestand oft aus dem stabilen Stoff der weißen Händler und weniger aus dem gegerbten Leder, wie es bei den roten Brüdern der Prärie Brauch war und die Mütter und Töchter freuten sich sehr über die unerwarteten Geschenke.

Unser Überfall wurde mit einem Festschmaus gefeiert, nachdem wir eines der Packtiere geschlachtet hatten. Weiteres Maisbier feuerte unseren Übermut zusätzlich an und wir tanzten, lachten und feierten die ganze Nacht.

Der Ort des Überfalls wurde von da an *La Derrota de Don Ramon* genannt. Die Niederlage des Don Ramon. Noch

lange lagen Stücke aus der Beute auf dem kargen Boden der
Gegend verstreut. Unser Volk sprach noch viele Monde
über unseren verwegenen Mut. Hätte das Ganze nicht so
erfolgreich geendet, wären wir wohl von den älteren Kriegern für unsere Unvernunft bestraft worden. Heute lache
ich darüber, aber ich weiß auch, dass ich als einer der Anführer so einen Leichtsinn unter unseren Jungen nicht geduldet hätte.

So wuchs ich mit vielen Entbehrungen, aber auch Abenteuern, die man sich später an den Lagerfeuern erzählte, auf.
Uns Ndeh waren Worte wie Langeweile, Faulheit und
Überfluss nicht bekannt. Wir mussten von Kindesbeinen an
um unser Überleben kämpfen und uns unsere Nahrung
redlich verdienen.

Im Alter von fünfzehn Jahren wusste ich, wie ich auf mich
allein gestellt in der Wildnis überleben konnte, denn wir
mussten ständig damit rechnen, dass sich ein ganzer
Stamm auf der Flucht in der Gegend verteilen musste. Einzelne Kämpfer waren schlechter zu verfolgen als eine ganze
Gruppe und so trennten wir uns oft von unseren Familien,
wenn auch nur für Stunden oder einzelne Tage. Manchmal
blieben ein paar Krieger zurück und kämpften gegen Verfolger, um die Flucht unserer Frauen und Kinder zu sichern.

»Du bist nun ein Krieger, mein Sohn«, sagte mein Vater
kurz nach dem gelungenen Überfall. »Hier ist ein Gewehr.
Von nun an wirst du mir helfen, die Ndeh zu beschützen.
Es ist gefährlich, ein Krieger zu sein. Nie darfst du Furcht
zeigen und wenn du einem Feind begegnest, den du nicht
besiegen kannst, dann stimme deinen Todesgesang an und
gehe mutig in das Land, welches wir den Ort des Glücks
nennen. Du bist nun ein Krieger der Ndeh.«

Kapitel 3

Ein junger Krieger

Ich habe alles gelernt, was ein Krieger wissen musste. Zu diesem Zeitpunkt war ich noch nicht mit den Nakai-Yes, wie wir das Volk im Süden nannten, zusammengetroffen, aber das sollte sich schon bald ändern.

Es dauerte nicht lange und ich begleitete die ersten Ritte zu diesem Volk, denn wir handelten oft mit ihnen. Wir stellten Seile aus Yucca her und unsere Frauen woben stabile Körbe oder gerbten Leder. Im Gegenzug gaben uns die Nakai-Yes Mais, Bohnen und manchmal auch Munition oder Stoffe für unsere Kleider.

Zu meinem Erstaunen hatten viele von ihnen die gleiche Hautfarbe und die dunklen Haare wie wir und dennoch waren sie so verschieden. Ich verstand ihre Sprache nicht, aber manche aus dem Volk der Ndeh konnten etwas Spanisch und ich versuchte so gut es ging, einige der Worte zu lernen. Obwohl es immer wieder zu kleineren Überfällen auf beiden Seiten kam, sah ich die Nakai-Yes nicht als Feinde. Doch dies sollte sich schon sehr bald ändern.

Aber zuvor geschah etwas, was kein Apache je verstand. Im Jahr 1848 wurde Mexiko gezwungen, einen Teil des nördlichen Gebiets an die Amerikaner abzutreten. Es war das Ergebnis eines jahrelangen Kriegs der Amerikaner gegen die Männer von Santa Anna, wie die Nakai-Yes ihren Nantan nannten.

»Vater, wie kann man etwas abgeben oder gar verkaufen, wenn man es gar nicht besitzen kann? Für uns ist doch der Himmel die einzige Grenze und das Land gehört allen«, wunderte ich mich.

Auch mein Vater kannte die Antwort nicht, was es mit diesem Vertrag auf sich hatte. Nun aber gehörte ein Teil der Berge plötzlich nicht mehr zu Mexiko und die Grenze, die für uns ein nicht vorstellbarer Begriff war, verlief ein Stück weit am Rio Grande entlang, nur um dann wieder viele Meilen durch die Sonora-Wüste zu führen und dem Gila-Fluss zu folgen. Wir verstanden das Prinzip von Landesbesitz und Abkommen nicht und auch nicht, warum unsere Wanderrouten, die seit vielen Generationen genutzt wurden, plötzlich so nicht mehr möglich waren. Ein Teil des Landes gehörte nun nicht mehr den Nakai-Yes, sondern den Weißaugen und mehr Siedler mit der hellen Haut kamen in unsere Heimat.

Anfangs kümmerte uns diese neue Regelung nicht. Bald aber bemerkten wir, dass der Vertrag zwischen den USA und Mexiko nicht nur eingeschränkte Wege auf unseren Wanderungen für uns bedeutete, sondern eine ganz andere, unerwartete Konsequenz für uns mit sich brachte. Den Amerikanern wurde in dem Vertrag untersagt, gestohlenes Vieh zu kaufen. Außerdem erwartete Mexiko, dass die Weißaugen dafür sorgen würden, dass es zu keinen weiteren Raubzügen durch uns jenseits der Grenze kommen würde. Für unser Volk hieß das, keine Überfälle auf die Nakai-Yes, um Vieh, Pferde und Handelsgüter zu erbeuten und auch keine Möglichkeit mehr, gestohlene Rinder zu verkaufen oder einzutauschen.

Das waren Regeln, an die wir uns nicht halten wollten und die wir auch nicht verstanden. Was wir aber sehr wohl abschätzen konnten war, dass dies keine gute Entwicklung für uns war, denn unsere Familien überlebten zu einem großen Teil nur durch diese Raubzüge und Handelstreffen. Dieses neue Abkommen bedeutete für unser Volk, dass wir bald hungern würden und es bereitete unseren Häuptlingen große Sorgen.

Zu der Zeit des Vertrags zwischen den Nakai-Yes und den Amerikanern hatte ich durch einige Raubzüge an der Seite erfahrener Krieger und den Überfall auf Don Ramon und seine Schmuggler an Ansehen gewonnen. So konnte ich als junger Krieger mit knapp achtzehn Jahren ein Nednhi-Mädchen namens Alope zur Frau nehmen.

Ein Apache suchte sich seine Frau bewusst nach Stärke, Durchhaltevermögen und Demut aus. Das Aussehen war zweitrangig. Was ein Krieger nicht duldete, war eine vorlaute Frau an seiner Seite oder noch schlimmer, eine Frau, die untreu war. Wie in vielen anderen Stämmen schnitt man einer Gefährtin die Nasenspitze ab, sollte sie sich einer dieser beiden Schwächen schuldig machen. Von den Frauen wurde erwartet, dass sie gehorsam waren, Zähigkeit besaßen und den Willen hatten, ein Leben voller Entbehrungen auf sich zu nehmen.

Meine erste Gefährtin Alope hatte all diese Qualitäten. Sie machte mich glücklich als Mann und schenkte mir schon bald zwei Kinder. Sie sorgte gut für mich, kochte gutes Essen und wärmte mich in den kalten Nächten.

Wie es der Brauch wollte, zog ich in den Stamm der Nednhi. Der Krieger lebte immer mit der Familie der Frau. Die Mutter verriet der Tochter die besten Plätze, um Nahrung zu finden und sicherte so den Fortbestand der Familie. Im Stamm des Mannes aber würde eine Frau diese wichtigen Orte nicht kennen, denn die Plätze, wo wir Nahrung finden konnten, wurden vererbt. Die Frauen verrieten diese nur den Mitgliedern der eigenen Familie.

Mein Leben bei den Nednhi war gut und ich gewann weiter an Einfluss unter den Nednhi-Kriegern. Die meisten Familien dieser Ndeh folgten einem Häuptling namens Mangas Coloradas. Er war ein großer Mann. Nicht nur körperlich, denn er überragte die meisten von uns um über einen Fuß, sondern auch mit seinem Geschick, Krieg zu führen und die Beute gewinnbringend zu verschachern. Seinen Namen hatte er den roten Hemden zu verdanken, die er oft trug. Mangas Coloradas heißt *Rote Ärmel* in der Sprache der Mexikaner und wir nutzten oft die Namen, die uns die Nakai-Yes gaben. Es machte das Handeln mit ihnen einfacher und unsere Feinde konnten unsere Apachen-Namen sowieso nicht aussprechen. Bei den Ndeh aber hieß Mangas Coloradas Dasoda-Hae, was in der Sprache der Weißaugen so viel heißt wie *Der nur dasitzt*, denn er hatte eine ruhige, besonnene Art, die ihn auch zu einem guten Vermittler machte.

Bald aber sollte sich ein Zusammentreffen mit den Nakai-Yes für immer in meinem Geist einbrennen. Was an jenem Tag geschah, bestimmte den Rest meines Lebens.

Im Jahr 1851 ritten Mangas Colorados und auch ich an der Spitze einiger Krieger, begleitet von den Frauen und Kindern unseres Klans Richtung Janos. Die Stadt lag nur sechzig Meilen südlich der Grenze. Wir hatten keinen Raubzug im Sinn. Dies sollte ein friedlicher Besuch werden, denn wir wollten wie so oft Handel treiben mit den Nakai-Yes. Wir hatten viele Waren für den Tausch dabei und freuten uns auf Abwechslung bei unseren Vorräten.

»Alope macht mich sehr glücklich«, sagte ich meiner Frau, während sie neben mir herlief. »Die Nakai-Yes haben schöne Stoffe. Ich werde dir ein Stück davon gegen Waren eintauschen, damit du dir ein neues Kleid machen kannst.«

Alope lächelte. Auch sie war aufgeregt und freute sich auf den Handel mit den Mexikanern.

Auf dem Weg nach Janos bemerkten wir, dass ganze Landstriche im Norden Mexikos wie leergefegt waren, denn viele Siedler hatten dieses Gebiet aus Angst vor uns Apachen verlassen.

»Man kann die Naikai-Yes verstehen«, erklärte mir Mangas Coloradas, als ich mein Pony an seine Seite lenkte. »Niemand schützt sie vor den Überfällen der Ndeh.«

Ich lachte laut.

»Wir müssen niemanden fürchten außer die Comanchen. So können wir ihr Vieh einfach stehlen. Ich habe gehört, dass es nicht schwer ist, einen Nakai-Yi zu töten, denn sie haben alte Waffen und wissen nicht, wie man gut kämpft.«

Der Häuptling der Nednhi nickte.

»Bis jetzt war es immer leicht für uns, sie zu besiegen.«

Ich denke noch oft an die Worte von Mangas Coloradas. Heute aber weiß ich, dass wir einen Fehler machten, als wir glaubten, dass dies immer so bleiben würde, denn schon bald lernten wir, dass sich das Glück so schnell ändern kann wie das Wetter in den Bergen.

Kapitel 4

Eine grausame List

Mangas Coloradas war geschickt im Handel und tauschte trotz den Überfällen anderer Ndeh auf die Nakai-Yes oft Waren jenseits der Grenze. Als er mit uns nach Janos ritt, fühlte er sich so stark und sicher, dass er sogar um ein Schutzgeld verhandelte, nachdem die mitgebrachten Waren zu einem guten Preis an die Mexikaner verkauft worden waren. Unser Häuptling versprach den Bewohnern von Janos, diesen Ort auf allen zukünftigen Raubzügen zu verschonen, wenn die Einwohner Mangas Coloradas und seinen Kriegern dafür die geforderte Summe bezahlen würden.

Die Bewohner schienen einverstanden und meine Brust schwoll voller Stolz, denn ich war einer der gefürchteten Krieger dieses schlauen Anführers. Wie naiv ich mit meinen mittlerweile zweiundzwanzig Jahren doch gewesen war. Ich war mir sicher, dass die Mexikaner uns so sehr fürchteten, dass sie auch diese bittere Kröte widerstandslos schlucken würden. Keiner von uns hätte auch nur ahnen können, dass der Militärgouverneur von Sonora, Signor José Maria Carrasco zu diesem Zeitpunkt mit zwei Abteilungen bewaffneter Kavallerie bereits unterwegs nach Janos war. Wir waren in großer Gefahr und hätten wir davon gewusst, wären wir sofort geflohen. Aber wir fühlten uns herzlich willkommen bei den Nakai-Yes und ihren Familien. Für uns gab es keinen Grund für Misstrauen.

Wir verbrachten drei volle Tage in Janos, handelten, lachten und palaverten zusammen und ich lernte schnell einige Worte ihrer Sprache. Am dritten Tag bereiteten die Bewohner ein Festmahl zum Abschied vor. Die Frauen tanzten und sangen und wirbelten in ihren bunten Röcken im Kreis.

Alope hatte einen schönen blauen Stoff um ihre Schultern gewickelt und tanzte mit den Frauen.

»Sieh nur, Goyahkla, wie schön dieser Stoff ist. Alope ist sehr glücklich über dein Geschenk.«

Ich lächelte sie an. Sie hielt die beiden Kinder an den Händen und tanzte mit ihnen um das große Feuer in der Mitte der Siedlung. Das Bild wärmte mein Herz. Ich war glücklich.

Im Laufe des Abends feierten wir immer wilder. Wir waren nur unser Tizwin-Bier gewohnt, aber diesmal schenkten uns die Gastgeber gebrannten Mescal ein. Das Gebräu wärmte nicht nur unsere Bäuche, sondern machte uns leichtsinnig, bescherte uns seltsame Träume und verwandelte die Krieger in kleine Kinder. Wir waren nicht einmal mehr fähig zu laufen oder zu sprechen und waren völlig kampfunfähig.

Als die meisten von uns betrunken waren, fiel Carrasco mit seinen Soldaten über unsere Leute her. Der Überfall kam schneller über uns als ein Sturm zur Zeit der großen Blätter. Die Schlacht hatte nichts mit einem ehrlichen Kampf zu tun. Sie metzelten uns nieder wie eine Schafherde, die sich nicht wehren konnte.

Die Nakai-Yes-Soldaten erbeuteten einhunderteinunddreißig Skalps und nahmen über neunzig Frauen und Kinder gefangen. Es war ein furchtbares Blutvergießen und die Luft war erfüllt von den Schreien der sterbenden Ndeh. Vor weniger als einer Hand hatten wir gelacht und gesungen, waren glücklich und das Leben war gut. Nun aber schrien die entsetzten Krieger und die Luft roch nach Blut und Angst. Keiner von uns verstand, warum die Nakai-Yes uns töten wollten.

Wir würden die Schmach von Janos für viele Ernten nicht vergessen. Dieser Tag legte den Grundstein für unseren unbändigen Hass, der stärker in uns brannte als die erbarmungslose Sonne über der Sonora-Wüste. Von diesem Tag an wurde aus gelegentlichen Raubzügen gegen die Mexikaner das, was die Weißaugen Krieg nannten.

Die gefangenen Frauen und Kinder sollten auf dem Sklavenmarkt von Mexico City verkauft werden. Es war nicht das erste Mal, dass die Nakai-Yes und auch die Spanier vor ihnen uns zu Sklaven machten und verkauften. Sie waren grausam und unsere Großväter erzählten uns vom kurzen Leben der Ndeh, die mit Ringen aus Pesh an die Gebäude der Hazienda-Besitzer gebunden worden waren wie Hunde und sich zu Tode arbeiten mussten.

Die Kavallerie feierte ihren Erfolg von Janos die restliche Nacht und betrank sich an dem übriggebliebenen Mescal. Sie schienen im Durcheinander des Kampfes nicht mitbekommen zu haben, dass einigen Apachen die Flucht aus Janos gelungen war. Unter den Flüchtenden waren Häuptling Mangas Coloradas und ich selbst.

Nach einigen Stunden aber habe ich mich spät in der Nacht aus unserem Versteck an den Ort des Grauens zurückgeschlichen und unter den skalpierten Toten meine Familie gesucht. Noch hatte ich die Hoffnung nicht aufgegeben und betete zu Ussen, dass sie entkommen waren und sich irgendwo versteckt hielten.

Aber meine Hoffnung wurde zerstört, als ich im Schein eines Feuers ein Stück blauen Stoff sah, der mich beim Tausch an die Farbe des Himmels erinnert hatte. Ich schlich langsam darauf zu und fand meine Frau Alope. Sie hatte versucht, die beiden Kinder, die sie mir geschenkt hatte, mit ihrem Körper zu schützen. Um sie herum war eine große Blutlache. Sie waren alle tot, brutal erschlagen. Sie sahen so seltsam aus. Da bemerkte ich, dass meine Frau und meine beiden Kinder für ein paar lumpige Pesos skalpiert wurden.

Ich hatte bis zu jenem Tag noch nie von diesem grausamen Brauch gehört. Später erklärte mir Cochise, dass die Nantan des Landes Mexiko den Nakai-Yes für jeden Skalp einhundert Pesos bezahlten.

»Sie geben ihnen die Pesos für das Haar eines jeden Ndeh-Kriegers, der mindestens vierzehn Ernten alt ist.«

»Wie können sie mit den Haaren handeln, als ob es Felle von erlegten Tieren wären? Wie kann ein Nakai-Yi an den Haaren sehen, wie alt ein Krieger gewesen ist oder ob es noch ein kleiner Junge war?«, wollte ich wissen, aber Cochise kannte keine Antwort.

Auf dem Feld bei Janos fand ich auch meine Mutter. Auch sie war ihrer Kopfhaut beraubt worden. Es war den Nakai-Yes wohl egal, ob der Skalp vielleicht sogar von einer Frau oder einem Kind stammte. Noch nie hatte ich so etwas Grausames gesehen.

Ich widerstand dem Drang, meinen Hass und Schmerz in die Nacht hinauszuschreien. Stattdessen kniete ich mich neben die geschändeten Leichen und schwor grausame Rache. Ich würde für jeden Tropfen ihres Blutes einen Mexikaner töten. Weder Frauen noch Kinder würde ich verschonen und diese Verräter bekämpfen, solange ich im Stand war, ein Gewehr zu laden oder eine Kriegskeule zu schwingen. Auch sie hatten Frauen und Kinder getötet. Ich beschloss, noch viel größeres Grauen über die Mexikaner zu bringen, als ich hier auf diesem verdorrten Feld, getränkt mit dem Blut unserer Familien, erlebt hatte.

Heimlich schlich ich zurück zu den anderen Kriegern, bereit, jedem einzelnen Nakai-Yi, den ich in die Hände bekommen würde, die Kehle aufzuschlitzen. Es würde mir egal sein, ob es Männer, Frauen oder ihre Kinder waren.

Kapitel 5
Rachepläne

Ich erinnere mich, dass unser Anführer Mangas Coloradas in jener Nacht die überlebenden Krieger kaum bändigen konnte. Jeder von uns hatte die engsten Verwandten und Freunde verloren und wollte sich dafür rächen. Mangas Coloradas hatte recht, als er uns erklärte, dass wir zuerst neue Verbündete bräuchten, um den Kampf aufzunehmen.

»Unsere Kampfkraft ist geschwächt. Wir haben zu viele Krieger verloren. Wir brauchen mehr Männer an unserer Seite und frische Pferde, wenn wir diese Hunde überfallen und besiegen wollen. Sie haben viele Soldaten und wir brauchen bessere Feuerwaffen und genügend Munition. Zuerst müssen wir die Ndeh versammeln und Gewehre und Kugeln stehlen. Dann kommen wir zurück und töten sie ohne Gnade.«

Wir waren einverstanden. Mangas Coloradas wandte sich schließlich an mich.

»Goyahkla, du wirst für mich zu Cochise und Häuptling Juh reiten und ihnen berichten, was in Janos geschehen ist. Du bist jetzt mein Secondo, meine rechte Hand. Versammle die Krieger und bringe sie dazu, uns bei unserer Rache zu unterstützen.«

Der Befehl meines Häuptlings war eine große Ehre für mich. Er vertraute mir trotz meiner jungen Jahre eine sehr wichtige Aufgabe an. Ich sollte unsere Brüder überzeugen, unsere Verbündete im Kampf gegen die Nakai-Yes zu werden. Mir war klar, dass so mancher ältere Krieger mich um diese Ehre beneidete, aber im Moment überwogen bei mir die Trauer und der Schock über den unerwarteten Überfall. Mein Herz war zu schwer, um mich stolz zu fühlen und die Verantwortung auf meinen Schultern war groß.

So ritt ich in die Dragoonberge, um Cochise zu bitten, uns in unserem Kampf gegen die verhassten Feinde zu unterstützen. Ich erzählte dem Häuptling der Chiricahua und seinen Kriegern, wie unsere Familienmitglieder und Freunde grausam abgeschlachtet worden waren und dass wir diese Schmach nicht dulden durften. Die Menschen von Janos hatten uns in eine tödliche Falle gelockt, obwohl wir ihnen friedlich gesonnen waren.

Cochise und seine Krieger waren entsetzt.

»Diese Art zu kämpfen ist die Tat eines Feiglings. Die Nakai-Yes-Soldaten besitzen keine Ehre. Es ist nicht das erste Mal, dass sie so eine schmutzige List benutzen.«

Ich war jung und verstand nicht, was der Anführer der Chiricahua damit meinte. Cochise blickte einen Moment in das Feuer und sein Gesicht brannte vor Wut.

Dann erzählte er: »Mein Vater kam einst in ein Dorf der Nakai-Yes. Wie Dasoda-Hae, den sie Mangas Coloradas nennen, wollte auch er handeln und seine besten Krieger und mein älterer Bruder begleiteten ihn. Sie haben unsere Männer mit trübem Wasser und schlechtem Essen vergiftet. Als sie tief schliefen, haben sie allen die Kehle durchgeschnitten. Auch meinem Vater. Keiner der Krieger hatte eine Chance, eine Waffe zu ergreifen. Das ist der Grund, warum ich nicht in die Siedlungen der Nakai-Yes reite. Ich werde ihnen nie trauen. Sie sprechen nicht mit gerader Zunge. Nie werde ich ein Geschenk von Essen oder Trinken von ihnen annehmen. Sie sind gefährlich wie die Viper im Sand.«

Ich verstand Cochises Wut und Misstrauen und immer wieder dachte ich bei dem Rat am Lagerfeuer der Chiricahua an meine Kinder, meine Frau und meine Mutter und daran, wie sie in ihrem eigenen Blut gelegen haben. Ich hatte keine Zeit zum Trauern, aber ich würde nicht eher ruhen, bis ich ihren Tod gerächt hatte. Cochise und seine Männer beschlossen ohne zu zögern, dass sie mit uns Bedonkohe und Nedhni reiten würden.

Als ich das Lager der Chiricahua voller Zuversicht verließ, ritt ich ohne auszuruhen in die Ausläufer der Sierra Madre. Mein Weg führte mich zu Häuptling Juh, der die Nednhi-Apachen anführte. Meine ermordete Frau Alope war eine Nednhi gewesen und somit gehörte ich zu diesem Stamm. Alopes Familie und Verwandten waren außer sich vor Zorn. Ein großes Wehklagen erfüllte das Lager, als ich ihnen vom Tod meiner Familie berichtete.

Der Häuptling der Nednhi stotterte und wurde deshalb oft von den Feinden verspottet. Wer Juh aber näher kannte, der wusste, dass er ein gefährlicher und kampferprobter Anführer war und man ihn nicht wegen der Schwäche seiner Zunge unterschätzen durfte. Juh und seine Krieger zum Feind zu haben, endete für jeden tödlich. Er war schlau wie ein Kojote und seine Krieger waren starke, furchtlose Kämpfer.

»Deine Frau war eine Nednhi. Wir werden ihren Tod und den deiner Kinder grausam rächen, denn die Nakai-Yes haben auch uns angegriffen, als sie deine Familie umbrachten. Ein tödlicher Kampf ist diesen Verrätern gewiss. Wir werden in drei Sonnen in eurem Lager sein. Dort werden wir uns beraten, welche Stadt wir überfallen werden. Nun soll dir meine Frau etwas zu Essen geben, damit du gestärkt bist für deinen Ritt zurück zu Mangas Coloradas.«

31

Einige Tage später trafen sich unsere Häuptlinge und Krieger zu einem großen Kriegsrat. Wir beratschlagten, rauchten die heilige Pfeife und beschlossen schließlich, dass die Stadt Arispe, hundertzwanzig Meilen südlich von Tucson das Ziel unseres Rachefeldzugs sein würde.

Die Bewohner von Janos wären nicht ahnungslos genug gewesen. Wir wussten auch nicht, ob die Soldaten, die uns niedergemetzelt hatten, noch dort waren. Das Risiko, weitere Krieger zu verlieren, wäre in Janos zu groß. Die Nakai-Yes in der Stadt Arispe hingegen würden genauso nichtsahnend sein, wie wir es gewesen waren, als wir in die tödliche Falle von Janos geritten sind. Wir wollten ihnen zeigen, wie es war, ohne Vorwarnung um sein Leben fürchten zu müssen.

Die nächsten drei Tage ritten wir unsere Pferde buchstäblich zugrunde, denn wir wollten keiner der Grenzstädte genügend Zeit geben, sich auf einen Kampf gegen uns vorzubereiten. Uns war klar, dass Kundschafter eine größere Gruppe Apachen jederzeit entdecken konnten. Deshalb versuchten wir so schnell wie möglich nach Arispe zu gelangen. Als die Pferde zusammenbrachen, töteten wir sie mit einem Lanzenstich, aßen etwas von dem rohen Fleisch und legten den Rest der Strecke zu Fuß zurück.

Wir tauchten schließlich am vierten Tag mit der aufgehenden Sonne im Rücken am Rand der Stadt auf. Noch ahnten die Menschen dort nicht, in welcher Gefahr sie waren.

Mangas Coloradas beschloss schließlich, dass sich ein paar der Krieger den Wachen der Stadt absichtlich zeigen sollten, um so einige Bewohner von Arispe aus der Siedlung heraus zu uns zu locken.

Es dauerte nicht lange und acht Mexikaner ritten auf uns zu. Dabei schwenkten sie eine weiße Flagge und dachten wohl, dass wir zum Tauschen von Lebensmitteln in die Siedlung gekommen waren. Ich wusste, dass dieses weiße Stück Stoff das Zeichen der Nakai-Yes und der Weißaugen war, dass sie friedlich verhandeln wollten. Wir aber waren voller Zorn und Schmerz und waren nicht zu Verhandlungen bereit. Unsere Krieger töteten die acht Gringos auf der

Stelle. Wir skalpierten sie vor den Augen der entsetzten Stadtbewohner genauso wie es die Soldaten in Janos mit unseren Leuten gemacht hatten. Den Menschen in Arispe war sofort klar, dass wir hier waren, um schreckliche Rache für das Massaker an unseren Familien zu nehmen.

Wir hatten unsere Feinde bis zu jenem Tag nie skalpiert und die entsetzten Schreie der Menschen und ihre Flucht hinter die schützende Stadtmauer bestätigte, dass sich das Gemetzel der Kavallerie bis hierher herumgesprochen hatte. Allen musste sofort klar gewesen sein, dass wir nach Arispe geritten waren, um Angst und Schrecken zu verbreiten. Wir hatten nicht vor, Gefangene zu nehmen. Sie hätten uns auf unserer Flucht nur behindert. Wir waren zu diesen Nakai-Yes gekommen, um zu töten.

Kapitel 6

Ein neuer Name

Obwohl wir die Bewohner, die hinter der Mauer Zuflucht gefunden hatten, nicht angreifen konnten, ohne selbst große Verluste zu erleiden, gelang es uns trotzdem, wichtige Beute zu machen, denn ich entdeckte einen Wagen, der vor der Stadtmauer stand. Die Nakai-Yes hatten ihn auf ihrer Flucht hinter die schützenden Mauern stehenlassen.

»Die Soldaten haben einen Wagen zurückgelassen. Lasst uns nach Waffen suchen.«

Wir triumphierten, denn unsere Krieger hatten den Munitions- und Versorgungswagen abgefangen. Die Feuerwaffen würden uns helfen, den Kampf für uns zu entscheiden.

Ich blickte über die Schulter zur Stadtmauer.

»Ich erkenne die Gesichter dieser Kojoten. Einige von ihnen waren bei dem Gemetzel in Janos dabei. Ich werde sie nie vergessen. Sie sollen mit dem Leben bezahlen.«

Die Soldaten blickten uns von den schützenden Mauern aus entgegen. Ihre Augen waren weit aufgerissen und die Angst zeigte sich deutlich in ihren blassen Gesichtern. Diesmal fühlten sie sich wohl nicht mehr überlegen wie vor ein paar Tagen in Janos. An jenem Tag waren die Krieger dank des brennenden Wassers kampfunfähig gewesen. In Arispe aber würden sie für den Betrug und ihre Hinterlist bezahlen.

Ich konnte meinen Rachedurst kaum noch im Zaum halten, aber als Krieger musste ich mich den Befehlen von Mangas Coloradas, Cochise und Juh unterwerfen. Keiner von ihnen würde diese Feiglinge verschonen und so setzte ich mich an das Lagerfeuer und wartete geduldig auf den nächsten Tag.

Mit dem Sonnenaufgang am nächsten Morgen kam endlich unsere Stunde der Rache. Der Kommandant der Siedlung befahl seinen Männern uns zum Angriff entgegenzureiten. Ich schüttelte verachtend den Kopf. Auch Cochise schien über den Leichtsinn erstaunt.

»Was für ein Narr«, sagte er. »Der Nantan dieser Soldaten schickt seine Männer in den sicheren Tod, während er sich hinter der Mauer versteckt wie ein altes, zahnloses Weib. Selbst unsere Kinder sind mutiger. Enjuh – es ist Zeit zu kämpfen.«

Wenige Minuten später führten wir einen Kampf auf Leben und Tod. Ich selbst brachte so viele Männer um, dass ich sie nicht mehr zählen konnte. Ich erschoss und erdolchte sie. Einigen schlug ich mit meiner Steinkeule den Schädel ein oder brach ihnen mit bloßen Händen das Genick. Ich kannte keine Gnade und wütete unter ihnen, während mehr und mehr Soldaten um uns herum reglos auf der Erde liegenblieben. Die Luft war erfüllt von Schreien der Angst und der Schmerzen. Es roch nach Blut und von der Stadtmauer her trug der Wind das Weinen der Frauen, die ihre Männer sterben sahen, zu uns. Ich wurde angetrieben vom Bild meiner erschlagenen Kinder und Alope, das ich nie vergessen würde.

»Ich werde euch alle töten. Ihr könnt keine Gnade von mir erwarten.«

Die Soldaten schrien immer wieder ein Wort, als ob sie mich wie einen Geist fürchteten. Sie erkannten in mir den gefährlichsten aller Feinde, aber meinen Namen konnten sie nicht aussprechen.

Sie schrien »Geronimo, Geronimo« und ihre Stimmen trugen den Klang ihrer Angst zu uns Ndeh. Ich kannte die Bedeutung des Namens nicht, aber an jenem Tag hörte Goyahkla auf zu existieren. Von nun an war ich Geronimo. Auch meine roten Brüder nannten mich nun so, denn der Name war mir in einem ehrenhaften Kampf verliehen worden.

Wir haben Rache genommen, so wie wir es im Beisein unserer Toten geschworen hatten. Die Schmach von Janos war gesühnt und wir zogen uns zurück. Erschöpft und teilweise verletzt machten wir uns auf den Rückzug.

Von nun an war ich, obwohl noch sehr jung, einer der ranghöchsten Krieger und durfte dem Rat von Cochise beiwohnen. Er ehrte mich damit und viele Krieger folgten mir von da an.

Bald aber sollte uns eine neue Entwicklung große Schwierigkeiten bereiten. Wir wussten, dass die Weißaugen, die sich selbst Amerikaner nennen, über lange Zeit die Nakai-Yes bekämpft hatten. Feinde unserer Feinde wurden von uns als Freunde gesehen. Unsere Denkweise war schlicht und geradlinig und deshalb verstanden wir auch nicht, was ein Friedensvertrag auf Papier bedeutete. Langsam begriffen wir, dass der Vertrag zwischen den Weißaugen und den Nakai-Yes nicht nur die Nutzung des Landes und unseren Handel mit dem Volk im Süden beeinflusste.

Die Tatsache, dass die Amerikaner uns von einem Tag auf den anderen wegen eines solchen Papiers mit ihren seltsamen Zeichen darauf untersagten, die Mexikaner zu überfallen oder Waren mit ihnen zu tauschen, war für uns nicht nachvollziehbar. Wenn die Weißaugen die Nakai-Yes plötzlich vor uns beschützen wollten, hieß das für uns, dass nun auch die Amerikaner zu unseren Feinden geworden waren. Zuerst hatten wir diesen Vertrag nicht ernst genommen, aber nun schienen die Weißaugen entschlossen zu sein, die Abmachungen mit den Nakai-Yes einzuhalten.

Kapitel 7
Eine neue Frau

Bis zu diesem Zeitpunkt aber hatte ich selbst noch keine Weißaugen zu Gesicht bekommen. Die ersten von ihnen sah ich, als wir einem Trupp Landvermesser begegneten. Ihr Tun war uns völlig unbegreiflich. Wir verstanden nicht, warum sie unsere Heimat auf Papier malten und Distanzen in seltsamen Spuren auf diesen Zeichnungen festhielten. Wir maßen die Zeit und Entfernung mit Hilfe der Sonne und des Mondes oder wie lange ein Ritt von einem Lager zum nächsten dauerte. Die Landschaft in verschiedene Stücke aufzuteilen, war für uns die Tat eines Narren, denn das Land konnte nicht in Stücke geschnitten werden. Alles war Mutter Erde. Jedes Tal, jeder Berg war unsere Heimat. Mutter Erde gehörte niemandem. Man konnte sie nicht verkaufen oder eintauschen. Wir alle durften frei leben. Sie war das Zuhause von allem, was Ussen geschaffen hatte.

Obwohl uns das sonderbare Verhalten der Weißaugen mit ihren Karten und seltsamen Gegenständen amüsierte, handelten wir trotzdem mit ihnen. Sie stellten für uns keine Gefahr dar. Während des Tauschens gab es noch etwas, das ich zum ersten Mal sah – es war Geld, das sie uns für die Pferde, das Fleisch und die Yucca-Seile, die wir ihnen anboten, gaben.

Die meisten von uns wussten nicht, was wir mit dem nutzlos erscheinenden Papier und den Münzen anfangen konnten. Erst als wir ein paar Krieger vom Stamme der Navajos trafen, erklärten diese uns, dass Geld, wie die Weißen es nannten, sehr wertvoll war und man dafür vieles bekam.

»Ihr könnt dafür Gewehre und Kugeln bei den Händlern kaufen, aber auch eine Flasche brennendes Wasser, das man bei den Nakai-Yes Mescal nennt, bekommt man für die Münzen«, erklärte einer unserer Brüder.

Sie hatten schon länger Kontakt mit den Amerikanern und handelten oft mit ihnen. Ich blickte auf das Papier und die Münzen in meiner Hand.

»Ich verstehe nicht, dass dieses Papier mehr wert sein soll wie ein großes Stück Fleisch. Diese Weißaugen sind wohl noch verrückter als die Mexikaner«, sagte ich und lief kopfschüttelnd zu meinem Pferd zurück.

Ich lachte noch lange, als ich über die verbrannte Gesichtshaut der Landvermesser und ihre seltsame Art, das Land durch kleine Stangen aus Pesh zu betrachten, nachdachte. Dennoch war es ein guter Handel gewesen.

Ein paar Wochen nach der Schlacht von Arispe hatte ich weiter an Ansehen und Besitz gewonnen. Aber die Gesellschaft einer Familie fehlte mir sehr. Ein Krieger meines Ranges durfte nicht lange allein bleiben. Ich brauchte eine Frau, die sich um mich und meine Pferde kümmerte, die meine Kinder gebären würde, mein Essen zubereitete und mich zwischen den Decken wärmte, wenn die Nächte in den Bergen und der Wüste kalt wurden. Ich wollte meine Söhne zu guten Kriegern erziehen und das Lachen der Frauen an meinem Feuer hören. Ich vermisste Alope, aber unser Glauben verbot mir, ihren Namen auszusprechen oder an sie zu denken, nachdem sie in das Land des Glücks gegangen war. Sie sollte dort glücklich leben, bis mein Geisterpony auch mich zu unserem Happy Place bringen würde.

So vermählte ich mich bald schon mit einer Bedonkohe namens Cheehashkish. Da ich aber ein angesehenes Mitglied von Cochises Rat und dank der vielen Raubzüge wohlhabend war, nahm ich mir kurz darauf noch eine zweite Frau. Auch sie war vom Stamme der Bedonkohe und ihr Name war Nanathathtith.

Für die Ndeh war es normal, dass erfolgreiche Krieger mehrere Gefährtinnen hatten. Jahre später in Gefangenschaft erfuhr ich, dass die Weißaugen dies als falsch sahen.

Es gab so vieles, was sie von unseren Bräuchen nicht verstanden. Es war schon immer so gewesen, dass die stärksten unter uns Männern am meisten für die Frauen und die Kinder sorgten.

Zwei Frauen zu haben, bedeutete aber auch die doppelte Verantwortung, denn ich musste beide ebenbürtig behandeln und ernähren. Keine von beiden durfte vernachlässigt werden. Ich musste also mehr Nahrung und Beute machen als andere Männer unseres Stammes und auf mehr Raubzügen mitreiten. Mein Leben war dadurch öfters in Gefahr als das eines Apachen mit nur einer Gefährtin oder gar keiner Familie.

Dank meiner beiden Frauen lebte ich jetzt im Stamme der Bedonkohe und als junger Krieger war mein Handeln noch immer unkontrolliert, denn ich war nach wie vor ein rachsüchtiger Hitzkopf. Und so beging ich mit Sicherheit einen meiner größten Fehler: Angetrieben von dem Bedürfnis Nakai-Yes zu töten, suchte ich den direkten Kampf mit ihnen. Ich verließ den Pfad des lautlosen Kriegers, der erbarmungslos zuschlug und beinahe unbemerkt wieder verschwand. Ich versteckte mich nicht, sondern suchte offen den blutigen Kampf und brachte damit nicht nur mich selbst in Gefahr.

Bei einem Überfall verloren wir mehrere Krieger durch meinen Leichtsinn. Wir konnten uns Verluste kaum leisten, denn die Nakai-Yes sowie die Weißaugen waren uns zahlenmäßig weit überlegen. Mir wurde bewusst, dass ich meine Familie und die anderen Bedonkohe durch mein unüberlegtes Handeln einer großen Gefahr aussetzte. Ich war darüber beschämt und beschloss, zu den traditionellen Kampftechniken zurückzukehren und von unseren besten Anführern zu lernen.

Ich musste einige Verletzungen wegstecken, wurde öfters angeschossen und von Säbelhieben verletzt. Mir wurde bewusst, dass ich eine große Verantwortung gegenüber meinem Stamm hatte und mich nicht von meinen Gefühlen leiten lassen durfte, wenn es das Leben von meinen Leuten unnötig gefährdete. Das hatte nichts mit Mut zu tun, sondern war vielmehr das Verhalten eines Narren und ich musste es ändern. Mein Wunsch nach persönlicher Rache musste zum Wohl meines Volkes weichen. Das Überleben des Stammes ging vor. Ich hatte zum ersten Mal eine Entscheidung zum Wohle der Ndeh getroffen. In den späteren Jahren als Führer der Chiricahua und Bedonkohe würde ich noch öfters meinen Stamm über mein eigenes Leben stellen müssen. Es war der Weg meines Volkes und der Pfad, der mich später zum Anführer machen sollte.

So lebten wir für ein paar Monate zurückgezogen in den Bergen unserer Heimat. Wir bauten Mais und Kürbis an, gingen auf die Jagd und beschränkten unsere Raubzüge auf seltene Überfälle einzelner Wagen und Haziendas, denn wir hatten zu viele Krieger verloren und waren dadurch geschwächt.

Die Mexikaner aber hatten die Schlacht von Arispe nicht vergessen und suchten meinen Stamm, der ihnen diese Niederlage beigebracht hatte. Eines Tages ritt eine Gruppe dieser Verräter in unser Lager. An jenem Tag war ein Großteil unserer Krieger auf dem Weg zu den Navajos, um mit ihnen um ihre gewebten Decken zu handeln. Ich aber war zurückgeblieben, um mich von einer Schusswunde zu erholen.

Als ob sie unsere Unterlegenheit geahnt hätten, nutzten diese Kojoten die Zeit für den Kampf. Ich konnte den mexikanischen Soldaten im letzten Moment entkommen. Meine zweite Frau Nanathathtith und unser gemeinsames Kind hatten nicht so viel Glück. Wieder töteten die Nakai-Yes einen Teil meiner Familie und mein Hass gegen sie brannte noch stärker als die Kochfeuer unserer Frauen.

Als unsere Männer von den Navajo zurückkehrten, machten wir uns sofort auf den Weg, um abermals Rache an den Mexikanern zu nehmen. Wir plünderten eine Siedlung, aber die Menschen waren vor uns geflohen. Ihre Stadt war leer und wir konnten kaum etwas aus der Siedlung gebrauchen, denn für was die seltsamen Gegenstände aus ihren Adobe-Häusern zu benutzen waren, wussten wir nicht. So brannten wir das Dorf nieder.

Auf dem Rückweg jedoch überfielen wir eine kleine Gruppe Händler und die Waren auf den Packtieren erfreuten unsere Herzen. Die Maultiere waren beladen mit Säcken von Mais, Bohnen und Essen, das wir noch nie geschmeckt hatten. Zum ersten Mal lernten wir das, was die Weißaugen Zucker nennen und Käse kennen. Ich fand sofort Gefallen an dem weißen Sand, der meinen bitteren Kaffee süß machte. Was den meisten Kriegern aber noch mehr Freude bereitete, waren die Flaschen gefüllt mit einem Wasser, das die Kehle herab brannte wie Feuer, aber den Bauch wärmte. Es war kein Mescal. Später erfuhren wir, dass dieses Gebräu Aguardiente, brennendes Wasser, hieß. Die Beute war gut und würde uns mehrere Sonnen satt machen.

Wie die meisten Ndeh-Krieger hatte auch ich Geschmack an den gebrannten Wassern gefunden, die einen Mann verrückt machten. Aber seit dem Massaker von Janos waren wir vorsichtig genug, uns nicht so sehr zu betrinken, dass wir nicht mehr kämpfen konnten. Das Trinken half mir aber dabei, die Bilder meiner toten Frauen und der erschlagenen Kinder für ein paar Stunden zu vergessen. Die Einsamkeit und der Hass blieben aber.

Kapitel 8

Neue Feinde

Wir waren sehr überrascht, als die Männer mit den blauen Jacken ihre Kleidung gegen graue Uniformen tauschten und die Forts entlang der Grenze verließen. Wir wussten nicht, was dahintersteckte und ob sie nun zu einem anderen Stamm der Weißaugen gehörten, aber das war die Gelegenheit, unsere Raubzüge abermals auszubauen.

Wir fingen an, die Minenstädte und Rancher entlang der Grenze zu plündern und schlugen überall dort zu, wo wir konnten. Es war uns dabei egal, ob wir auf dem Land der

Weißaugen oder auf dem Gebiet der Nakai-Yes waren. Alles war unsere Heimat.

Nicht nur die Apachen nutzten die Gunst der Stunde, sondern auch die Navajos, Ute und selbst unsere Erzfeinde, die Comanchen. Mangas Coloradas überfiel die ein oder andere mexikanische Stadt, um den Nakai-Yes die Schmach des letzten Überfalls heimzuzahlen. Die Männer, die nach dem gelben und grauen Metall gruben, flüchteten in die größeren Siedlungen und suchten den Schutz in den Städten.

Es dauerte nicht lange und wir hatten wieder die Kontrolle über den größten Teil unserer Heimat. Nach vielen Jahren waren wir endlich wieder die Herren über unser Land. Wir konnten tun, was wir wollten und wanderten frei von einem Lager in den Bergen zum nächsten. Leider blieb das aber nicht lange so.

In jener Zeit zeigte sich zum ersten Mal meine Kraft. Ich betete zu Ussen, unserem Schöpfer und er schickte mir eine Vision. Während ich betete, rief eine Stimme viermal meinen neuen Namen. Dies war unsere heilige Zahl, denn alles, was wir taten, stand für die vier Richtungen des Himmels.

Ussen sprach an jenem Tag zu mir. »Geronimo, Geronimo, Geronimo, Geronimo. Keine Kugel wird dich töten können. Ich werde das Blei deiner Feinde aus ihren Gewehren verschwinden lassen, sodass nur noch das nutzlose Pulver übrigbleibt. Deine Pfeile aber sollen immer ihr Ziel treffen und Tod über deine Feinde bringen.«

Ich hörte die Stimme von Ussen laut und deutlich und die Krieger der Bedonkohe glaubten von nun an, dass keine Kugel mich in das Land der Vorfahren schicken könnte, weil der Schöpfer aller Ndeh es selbst so bestimmt hatte.

Im Laufe der Jahre hatte ich noch viele Visionen und sah Dinge, die meinem Volk widerfahren würden. So sah ich auch die eisernen Wagen, die uns viele Ernten später an das große Wasser bringen würden.

Dank meiner Kraft war ich von nun an nicht nur einer der wichtigsten Krieger, sondern auch ein Schamane und spiritueller Führer meines Volkes. Selbst unsere Häuptlinge suchten meinen Rat, denn sie wussten, dass Ussen zu mir sprach.

Während wir uns mehrere Monate über unsere fette Beute und unser freies Leben freuten, ahnten wir nicht, dass der Gouverneur John R. Baylor im Frühjahr 1862 den Befehl gab, uns vollkommen zu vernichten. Die Weißaugen sollten Whiskey und andere brennende Wasser besorgen, um uns abermals in eine Falle wie bei Janos zu locken.

Die Pindah-Lickoyee hatten den Befehl, alle erwachsenen Apachen zu ermorden und unsere Kinder in die Sklaverei zu verkaufen. Dies hätte das Ende aller Ndeh bedeutet, wenn nicht eine Schlacht weit entfernt in der Nähe des großen Wassers die Soldaten selbst zu Verlierern gemacht hätte.

»Die Pindah-Lickoyee, die Feinde mit den hellen Augen erschießen sich gegenseitig weit weg von hier«, erklärte mir Cochise.

Ich verstand nicht, warum sie sich gegenseitig bekämpften.

»Ich habe immer gesagt, dass sie verrückt sind. Die heiße Sonne muss ihren Kopf verbrannt haben. Sie sind loco«, sagte ich und klopfte dabei gegen meine Stirn.

Wir lachten am Feuer.

Damals konnte ich noch nicht ahnen, dass trotzdem noch zu viele unsere Feinde im Land waren und dass der Krieg, den sie gegeneinander führten, schon bald zu Ende sein würde und wir dann in noch größerer Gefahr sein würden.

Dank der ganzen Raubzüge hatten wir nun zwar mehr Waffen, die wir den getöteten Weißaugen weggenommen hatten, aber die Soldaten hatten immer die besseren Gewehre und Pistolen. Es schien, als ob sie immer wieder neue Schusswaffen in den Forts lagerten und diese immer schneller wieder mit Pesh-Kugeln geladen werden konnten. Selbst wenn wir sie den getöteten Feinden abnahmen, mussten wir erst lernen, wie diese funktionierten und wo wir dafür die passende Munition stehlen oder eintauschen konnten. Nicht jeder Händler ging das Risiko ein, uns mit Munition zu versorgen.

Wir hielten regelmäßig Rat mit den Bedonkohe und den Chiricahua Ndeh. Die Kundschafter der anderen Häuptlinge brachten immer schlechtere Nachrichten an unser Feuer. Ein Krieger berichtete von unseren Brüdern, den Navajos und den Mescaleros.

»Die Blaujacken haben alle Mescaleros gefangengenommen. Sie haben sie wie eine Herde Rinder nach Bosque Redondo getrieben, wo sie zusammengepfercht leben. Sie nennen es das Reservat. Die Krieger dieses Stammes sind keine Freunde von uns, aber das wissen die Weißaugen nicht. Ihnen scheint es egal zu sein, zu welchem Stamm ein Krieger gehört. Müssen wir nicht auch damit rechnen, dass uns dasselbe widerfährt wie den Mescaleros?«

Ein anderer Bedonkohe erhob sich am Feuer und bat darum, sprechen zu dürfen.

»Sprich! Wir hören dich«, sagte ich und nickte ihm aufmunternd zu.

»Nicht nur die Ndeh und Mescaleros werden verfolgt, sondern auch unsere Freunde, die Navajos. Sie sind Farmer geworden, wie die Weißaugen es von ihnen verlangt haben. Nun plötzlich sollen auch sie in das Reservat ziehen. Die Navajos aber wollen ihre Heimat nicht verlassen. Sie haben alle Verträge eingehalten. Jetzt haben die Blaujacken ihre Felder zerstört und ihr Vieh abgeschlachtet. All ihre Schafe sind tot. Sie haben kein Fleisch und keine Wolle für die warmen Decken, die sie dank der Hilfe der heiligen Spinnenfrau weben können. Die Ernte ist vernichtet und die Frauen und Kinder hungern. Der Mann, den die Weißaugen Kid Carson nennen, ist ein grausamer Schlächter und zwingt nun die Navajos ebenfalls in das Reservat von Bosque Redondo zu ziehen. Sie haben keine Wahl, denn sonst werden sie die Zeit des Geistgesichts nicht überleben.«

Nana, einer unserer Anführer und Mann meiner Schwester Nah-Dos-Te sprang erzürnt auf.

»Was sagst du da? Die Navajos ziehen nach Bosque Redondo? Aber dort sind doch die Mescalero. Sie waren schon immer die Feinde der Navajos. Wenn die Soldaten unsere Brüder und Schwestern dorthin bringen, werden sie sich gegenseitig abschlachten.«

Ich nickte und auch Cochise sah besorgt aus.

»Vielleicht wollen die Blaujacken genau das«, sagte ich.

Ein zustimmendes Murmeln erklang rund um das Feuer. Nana fuhr fort.

»Man hört, dass die Mescalero hungern. Es gibt nicht genug Essen für sie und auf die Jagd können sie auch nicht gehen. Die Weißen haben das meiste Wild erlegt. Wenn nicht einmal die Mescaleros genügend zu Essen haben, wie sollen dann all die Navajos in Bosque Redondo überleben? Wir alle wissen, dass selbst Freunde über leeren Tellern streiten und die Mescalero und Navajos haben noch nie einen Platz am Feuer geteilt.«

Nana setzte sich wieder, erhielt aber viel Zustimmung für seine Rede. Seine Meinung wurde respektiert und er sollte mit seiner Befürchtung recht behalten, denn schon bald hörten wir Geschichten von blutigen Kämpfen im Reservat.

»Ich bin sicher, dass es unseren Feinden gefällt, wenn sich unsere roten Brüder gegenseitig töten. Jeder einzelne Krieger, der zu seinem Happy Place geht, muss nicht mehr von ihnen besiegt werden. Es macht es ihnen also einfacher, die Kontrolle über unser Land zu bekommen, wenn sie uns mit Feinden zusammen auf einem schlechten Stück Land einsperren wie ihr Vieh. Wir werden aber immer um unsere Freiheit kämpfen. Wir lassen uns nicht wie Rinder und Schafe einsperren«, erklärte ich wild entschlossen und viele Krieger schrien ihre Zustimmung und hoben ihre Waffen in die Luft.

Cochise jedoch blieb still. Er war schlau wie der Kojote, aber er fürchtete auch die Macht und Waffen der Weißaugen.

»Mein Herz ist voller Sorge. Diese neuen Feuerwaffen und Männer ohne Ehre wie Kid Carson machen es den Weißaugen einfach, uns zu vernichten. Bislang mussten wir nur die Nakai-Yes bekämpfen. Sie sind schlecht bewaffnet und beherrschen das Kämpfen nicht so wie wir. Sie können uns nur besiegen, wenn sie tückisch wie die Kojoten sind. Wir werden niemals Frieden mit ihnen schließen können. Sie haben meinen Vater und viele andere Häuptlinge der Ndeh umgebracht. Zu viel Blut hat die Erde getränkt. Blut von beiden Seiten. Ich glaube, es wird einfacher sein, einen Friedensvertrag mit den weißen Siedlern und ihren Blaujacken auszuhandeln. Ich schätze sie als gefährlicher für uns ein, aber noch hat es nicht viele Tote gegeben. Noch hören sie uns vielleicht zu.«

Stimmengemurmel zeigte den Missmut mancher Krieger, aber Cochise erhob die Hände und es wurde still um das Feuer.

»Ich weiß, dass wir die tapfersten Kämpfer sind. Die Soldaten aber haben die besseren Waffen. Sie können damit viele von uns töten, ohne nahe heran reiten zu müssen. Ihre Gewehre schießen weiter wie unsere. Sie können sie schneller mit Pesh-Kugeln füllen als wir. Ich mache mir große Sorgen über die Art und Weise, wie sie kämpfen. Dieser Nantan Carleton und sein Scout Carson kennen keine Ehre. Sie suchen nicht den ehrlichen Kampf von Mann zu Mann. Sie lassen Frauen und Kinder hungern und schlachten das Vieh ab. Diese Männer wollen uns nicht in ein Reservat sperren. Ich glaube, dass sie uns bis auf den letzten unseres Stammes töten wollen und uns von Mutter Erde wegfegen wie einer jener Sommerstürme und wir werden nicht vorher aufhören zu kämpfen. Ich sage euch, der einzige Weg zu überleben ist Frieden und Schutz zu erbitten.«

Ein bestürztes Schweigen breitete sich aus. Selbst die Frauen und Kinder, die hinter uns Krieger saßen und den großen Rat der Häuptlinge belauschten, waren still. Nur das Knistern der Flammen war zu hören. Cochise blickte uns ernst in das Gesicht. Die Sorgen lagen über unserem Lager wie die schwarze Decke der Nacht. Sogar die Kojoten schwiegen.

Schließlich sprach der Häuptling der Chiricahua weiter.

»Wir sind schlau und haben immer aus dem Hinterhalt blitzschnell wie die Schlange zugeschlagen. Mein Herz ist stolz, weil ich um die Tapferkeit meiner Brüder und Schwestern der Ndeh weiß. Aber wir sind wenige. Jeder tote Krieger ist ein großer Verlust und schwächt unsere Chancen auf eine Zukunft für unsere Kinder. Bei den Blaujacken aber wird jeder tote Soldat sofort mit einer ganzen Hand neuer Blaujacken ersetzt. Sie sind so zahlreich wie die

Ameisen im Sand. Ich bin mir nicht mehr sicher, ob wir es schaffen, sie zu vernichten. Egal wie stark wir kämpfen: Mir scheint, als ob es immer mehr von ihnen werden. Darum hört, was ich sage. Wenn wir überleben wollen, müssen wir Frieden mit ihnen schließen.«

Kapitel 9
Was sollen wir tun?

Ich fragte mich, ob Cochise zu alt für den Kampf geworden war oder ob er mit Weisheit sprach. Waren die Weißaugen wirklich so zahlreich, dass ihr Strom in unserem Land nie abreißen würde? Wie viele von ihnen würden noch aus dem Osten zu uns kommen? War es vielleicht ein leerer Traum von mir, dass die Pindah-Lickoyee eines Tages nicht mehr durch unsere Heimat ziehen und Tod, Hunger und Verderben mit sich bringen würden? Zum ersten Mal in meinem jungen Leben hatte ich Angst, dass die Ndeh vielleicht für immer verloren waren.

Ich wusste, dass Cochise recht hatte, aber das Leben im Reservat war so bitter wie das faulige Wasser einer schlechten Quelle. Die Freiheit ging mir über alles und so war ich nicht einverstanden, als er vorschlug, mit den Weißaugen zu verhandeln.

»Cochise, du bist ein kluger Nantan. Aber viele von uns würden lieber sterben, als gefangen in einem Reservat zu sein. Wie sollen wir tapfere Krieger bleiben, wenn wir faul und fett vom Nichtstun im Reservat unsere Art zu leben vergessen oder noch schlimmer, wie die Mescalero geschwächt vom Hunger wie räudige Hunde um ein paar Rationen schlechtes Fleisch streiten müssen? Wir sind dazu bestimmt, frei umherzuziehen wie der Falke in der Luft. Wie sollen wir unsere Kinder zu tapferen Ndeh erziehen, wenn man sie uns wegnimmt, um sie in die Schulen der

Weißaugen weit weg von hier zu bringen? Was geschieht mit uns, wenn unsere Kinder vergessen, wer sie sind? Werden wir dann nicht aufhören, Ussens Geschöpfe zu sein? Sind sie nicht die Zukunft der Ndeh? Wenn unsere Töchter und Söhne aber zu Weißaugen gemacht werden, dann wird es uns bald nicht mehr geben. Wenn wir in den Reservaten leben, werden die Blaujacken und Weißaugen bestimmen, wann wir essen und wann wir jagen dürfen. Unsere Art zu leben wird weggetragen wie der Staub in der Wüste, wenn der Wind bläst.«

Viele Krieger murmelten ihre Zustimmung.

»Geronimo hat recht«, sagte Kaytennae, der Secondo und zweite Anführer von Häuptling Nana. »Lieber kämpfen und sterben wir, als dass wir vergessen, wer wir sind. Wenn ich beim Kampf meinem Geisterpony begegne und es mich zu unserem Happy Place bringt, dann will ich meinen Vorfahren mit Stolz begegnen und nicht in Schande, weil ich für ein paar Rationen schlechten Mehls und fauliges Fleisch mich vor dem Kampf weggeschlichen habe wie einer dieser feigen Nakai-Yes in Arispe. Wir haben uns nie vor unseren Feinden oder dem Tod gefürchtet. Warum sollten wir uns jetzt ohne Kampf besiegen lassen? Wir sind doch noch immer die tapfersten aller roten Brüder und Schwestern oder haben wir aufgehört, stark wie unsere Vorfahren zu sein?«

Ich lächelte, denn Nana hatte einen guten und mutigen Secondo an seiner Seite, um die Chihenne-Apachen anzuführen. Aber mir war auch bewusst, dass dieser Weg uns wahrscheinlich in den Tod führen würde. Ich verstand Cochise, denn er versuchte, die Familien und die Zukunft unserer Kinder zu retten.

»Der Häuptling der Chiricahua ist weise, denn er möchte verhindern, dass noch mehr unseres Volkes sterben und unsere Kinder auf den Sklavenmärkten der Nakai-Yes enden. Aber ich frage mich, ob wir dem Papier, das die Weißaugen mit ihren seltsamen Spuren füllen, die sie Buchstaben nennen, wirklich trauen können. Was, wenn sie ihre Versprechen brechen und uns doch nicht in Ruhe lassen? Was ist, wenn wir Frieden mit ihnen schließen, aber nicht frei leben dürfen, sondern eingesperrt werden wie Gefangene, wie sie es mit den Mescalero machen?«

Cochise runzelte die Stirn.

»Geronimo hat recht. Wir müssen zuerst herausfinden, wer bei den Blaujacken ohne Lügen und mit gerader Zunge spricht.«

Wie immer einigten wir uns darauf, alle Seiten zu hören, bevor wir eine Entscheidung treffen würden, die das gesamte Volk der Ndeh betraf. Jeder hatte das Recht, seine Gedanken am Feuer dem Rat der Anführer vorzutragen. Jeder unserer Krieger und auch die Frauen waren wichtig für unsere Gemeinschaft.

Kapitel 10
Eine große Schmach

Bald aber geschah etwas, was Cochise zwang, gegen seine eigene Weisheit zu handeln.

Mangas Coloradas respektierte Cochises Wunsch, mit den Amerikanern Frieden zu schließen und so ritt er mit einer Gruppe seiner Krieger in die Schürferstadt Pinos Altos, um einen Streit zwischen den Apachen und den Minenarbeitern beizulegen.

Mangas Coloradas wurde weitgehend auch von unseren Feinden respektiert. Er war ein älterer, würdiger Anführer, der mit seiner Körpergröße von gut sechseinhalb Fuß und seiner muskulösen Statur beeindruckte. Dasoda-Hae war ein umsichtiger und schlauer Häuptling, der nicht blindlings für Angst und Schrecken sorgte wie so manch junger Hitzkopf unter den verschiedenen Apachen-Stämmen. Die Weißaugen wussten, dass man mit ihm verhandeln konnte und er mit gerader Zunge sprach. Außerdem war er der Schwiegervater von Cochise, der ebenfalls für sein

Verhandlungsgeschick bekannt war. Beide Männer waren die wichtigsten Anführer aller Ndeh.

Leider aber waren die Männer in der Stadt angetrieben von der Gier nach dem gelben und grauen Metall. Es waren schlechte Menschen unter ihnen, aber Mangas Coloradas dachte wohl, dass die Weißaugen ihn für seinen Mut und die gerade Zunge mit der er sprach, in der Stadt willkommen heißen würden. Leider wurde die Absicht, den Streit aus der Welt zu schaffen, durch eine Gruppe brutaler Schläger unter den Minenarbeitern zunichte gemacht. Ohne sich Gedanken darüber zu machen, dass die Männer mit ihrem Tun alle in der Stadt in tödliche Gefahr brachten, banden diese Dummköpfe unseren Häuptling an einen Baum und peitschten ihn wie einen Sklaven aus. Erst als sie ihn halbtot geschlagen hatten, hoben sie ihn schwerverletzt auf sein Pferd und ließen ihn unter viel Spott aus dem Ort reiten. Es war klar, dass sie den Frieden nicht wünschten und uns auch nicht fürchteten.

Die Schmach saß tief und die Behandlung, die eines Häuptlings und Kriegers unwürdig war, brachte sämtliche Apachen-Stämme in Aufruhr. Es war die Tat von Feiglingen, die in der Übermacht einen unserer wichtigsten Anführer, der mutig und mit friedlichen Absichten in eine Stadt geritten war, an einen Baum banden, wo er stundenlang wehrlos von den Peitschenhieben gefoltert wurde. Niemand unter den Ndeh war bereit, das zu vergessen. Unser Zorn gegen die Weißaugen wuchs wie der Mais in der Zeit des Regens.

Es dauerte viele Sonnen, bis Dasoda-Hae sich von den Wunden erholt hatte. Die Frauen hatten Heilkräuter gesammelt und diese zu Brei zerstampft. Zusammen mit Honig der wilden Bienen rieben sie immer wieder die tiefen Wunden ein. Die Narben würden uns alle den Rest unseres Lebens daran erinnern, dass die Weißaugen keinen Respekt für Mangas Coloradas oder Cochises Familie hatten. Die Verachtung gegenüber den Männern, die Mutter Erde das gelbe Metall und den silbernen Stein entrissen und ihr dieselben Wunden wie Mangas Coloradas zufügten, wuchs mit jedem Mond.

Ich zögerte keinen Tag und war sofort kampfbereit, um Rache zu nehmen für den Häuptling der Bedonkohe, denn ich war von Anfang an nicht davon überzeugt gewesen, dass ein Frieden mit den Amerikanern möglich wäre. Man konnte ihnen nicht trauen. Einen Mond bekämpften sie die Mexikaner und den nächsten Mond beschützten sie diese Kojoten und bekämpften uns mit ihnen zusammen. Sie sprachen nicht mit ehrlicher Zunge und kannten keine Ehre. Die Weißaugen änderten ihre Richtung so rasch wie der Wind in den Bergen.

Die Rache für das Auspeitschen folgte nur wenige Wochen danach, denn wir überfielen einen Wagentreck neuer Siedler und töteten alle sechzehn Männer. Diesmal waren Cochise und seine Krieger an unserer Seite und kannten keine Gnade, denn schließlich war der Angriff auf Mangas Coloradas ein Angriff gegen seine Familie gewesen. Cochise hatte vor Jahren die Tochter von Mangas Coloradas als Gefährtin auserwählt und er musste die Ehre seines verletzten Schwiegervaters wiederherstellen.

Die Frauen und Kinder des überfallenen Wagentrecks entkamen uns zwar, aber dafür erbeuteten wir vierhundert Rinder und hunderte von Schafen. Was wir nicht selbst als Nahrung in unser Lager schaffen konnten, verkauften wir entlang der Grenze und wurden dafür gut bezahlt, obwohl der Handel mit gestohlenem Vieh verboten war. Die Gesetze waren nicht so stark wie das Verlangen, gute Tiere für einen billigen Preis zu bekommen.

»Die Nakai-Yes und die Weißaugen vergessen schnell, dass ihnen ein seltsames Papier den Handel mit uns verbietet«, sagte ich zu Cochise. »Mir ist das Papier mit den von Hand gemachten, schwarzen Spuren egal, denn sie haben dieses Gesetz ohne uns vereinbart.«

»Geronimo hat recht. Wir sind nicht daran gebunden und selbst unsere helläugigen Feinde missachten das Papier«, erwiderte Cochise.

Da wir mittlerweile wussten, dass das Geld, das uns die Farmer und Händler gaben, sehr wertvoll war und wir davon Munition und auch reichlich Mescal kaufen konnten, kümmerten wir uns nicht um das Papier des weißen

Mannes, sondern versuchten, jede Chance zu nutzen, um Beute zum Handeln zu machen. Die Ndeh hatten ihre eigenen Gesetze.

Nach dem Überfall auf den Wagentreck saß ich mit meinen Kriegern am Feuer unseres Lagers und wir rauchten in die vier Richtungen des Himmels. Ich sprach ein kurzes Gebet zu Ussen. Erst dann berichteten unsere Späher von den Kämpfen.

»Wir haben die Schande von Mangas Coloradas gerächt. Nakai-Yes und Weißaugen wurden getötet. Die Weißaugen fürchten unsere Grausamkeit, aber sie lernen auch schnell. Wir sahen, wie sie drei von Cochises Kriegern gefangen nahmen, mit dem Öl der Lampen übergossen und anzündeten. Es dauerte lange, bis sie nicht mehr laufen konnten und ihre Schreie verstummten, denn unsere Krieger bekämpfen auch den Tod länger als die Pindah-Lickoyee. Sie waren mutig und haben nicht um Gnade gebettelt – genauso wie man es von den Kriegern der Ndeh erwarten kann.«

Ich war nicht überrascht. Ein Krieg brachte immer Grausamkeit hervor. Auch wir hatten dafür gesorgt, dass viel Blut unter den Weißaugen geflossen war, seit man Mangas Coloradas wie einen Sklaven ausgepeitscht hatte.

»Enjuh – es ist gut, dass unsere Männer auch im Tod so tapfer sind. Nana und ich haben zwei Weißaugen auf dem Boden gefesselt, mit glühenden Kohlen zugedeckt. Ihr Leib wurde gekocht wie das Fleisch auf den Feuern unserer Frauen. Sie haben lange geschrien und um ihr schlechtes Leben gebettelt wie alte Weiber.«

Chato, einer der mutigsten Krieger und ebenfalls Anführer der Chihenne lachte leise.

»Wir haben zwei von ihnen bis zu den Schultern eingegraben und ihre Köpfe den roten Ameisen überlassen. Einen anderen haben wir in die Haut einer frisch geschlachteten Kuh eingewickelt. Als sich das Leder durch die Hitze und Trockenheit zusammenzog, ist er unter großen Qualen erstickt.«

Cochise kam zu uns und setzte sich. Wir warteten geduldig, um zu hören, was er zu sagen hatte.

Auch er rauchte in die vier heiligen Richtungen und sprach dann: »Es gab nicht nur Siege, denn mehrere Krieger wurden auf die gleiche Art und Weise gequält, bis sie schließlich zum Land des Glücks gingen.«

Ich nickte.

»Es ist nicht gut, weitere Krieger zu verlieren, aber wir können unseren Feinden nicht erlauben, uns zu behandeln wie die Sklaven. Wir sind freie Männer und Frauen. Dieses Land war unsere Heimat lange bevor sie hierherkamen und anfingen zu bestimmen, wo wir zu leben haben. Es ist gut, tapfer und im Kampf zu sterben, um zu unseren Vorfahren im Land des Glücks zu gehen. Lieber begegne ich meinem Geisterpony durch die Waffen eines Feindes, als in den Reservaten ohne Essen oder durch die Krankheiten des weißen Mannes geschwächt auf den Tod zu warten.«

Cochise nickte seine Zustimmung.

»Trotzdem bedeutet unsere Tapferkeit auch viel Leid und Opfer. Aber es war schon immer so und wenn Ussen es wünscht, werden wir auch weiterkämpfen und für unsere Freiheit sterben oder eines Tages die Weißaugen vertrieben haben.«

Kapitel 11
Spannungen entstehen schnell

Bislang hatten Cochise und die Chiricahua-Apachen sich so gut es ging zurückgehalten. Cochise versuchte die Weißaugen so wenig wie möglich anzugreifen, denn er fürchtete die Konsequenzen für die Chiricahua. Die Krieger von Mangas Coloradas und aus meinem Stamm jedoch führten den Rachefeldzug weiter.

Immer mehr Geschichten von Kämpfen und Vertreibung drangen an unsere Lagerfeuer. Die Warm Springs Ndeh, welche wir Chihenne nannten, wurden von den Pindah-

Lickoyee immer mehr bedrängt. Läufer aus ihrem Stamm berichteten regelmäßig an Cochises Ratsfeuer.

Die Chihenne wurden von Häuptling Victorio angeführt. Er war ein mutiger Kämpfer. Seine Schwester Lozen, die im gleichen Sommer wie ich geboren wurde, war eine wertvolle Beraterin. Sie wurde von ihrem Stamm liebevoll *kleine Schwester* genannt. Genau wie ich hatte sie die Kraft und ihre Visionen konnten voraussagen, woher der Feind kam. Durch ihre spirituelle Gabe war es Victorio bislang immer gelungen, seinen Stamm rechtzeitig in Sicherheit zu bringen. Es würde die Zeit kommen, in der Lozen ohne Furcht an meiner Seite ritt, bis auch sie in den eisernen Wagen weggefahren wurde. Aber ihre Geschichte werde ich später erzählen.

Cochises Männer respektierten die Entscheidung ihres Anführers, erst einmal keine weiteren Siedler zu töten oder Raubzüge zu den Nakai-Yes zu unternehmen, da diese plötzlich unter dem Schutz der Weißaugen und ihrem seltsamen Papier standen. Nakai-Yes zu überfallen wäre eine Provokation für die Blaujacken gewesen. Warum das so war, verstanden wir noch immer nicht. Schließlich hatten sich diese Männer viele Ernten bekämpft.

Es entging unseren Spähern nicht, dass immer größere Truppen der Blaujacken in unser Territorium kamen. Sie hatten ihre hölzernen Lager überall verteilt aufgebaut und die meisten von ihnen konnten uns nun innerhalb eines Tagesrittes verfolgen. Wir mussten also noch schneller aus unseren Verstecken in den Bergen und Canyons zuschlagen und so rasch es ging wieder dorthin zurückkehren, bevor die Blaujacken die Verfolgung aufnehmen konnten.

Leider hielten Cochises Friedensbemühungen seine Krieger nicht davon ab, gelegentlich Vieh in der näheren Umgebung zu stehlen.

»Die Zeiten sind hart und das Wild ist knapp geworden«, erklärte er mir eines Abends am Feuer. »Bereits zweimal haben uns Nantan Captain Richard Ewell und seine Männer von Fort Buchanan gezwungen, gestohlenes Vieh zurückzugeben.«

Ich rauchte meinen Tobaho und schwieg. Das Fort lag nur drei Meilen südlich von der Siedlung Sonoita. Die Blaujacken konnten gefährlich schnell in Cochises Nähe kommen.

Am 11. Januar 1861 meldete Captain Ewell seinem Vorgesetzten, dass die Krieger von Cochise sechzehn Maultiere gestohlen hatten.

Ein befreundeter Händler erzählte mir später Folgendes: »Captain Ewell hat getobt. Dein Bruder von den Chiricahua Ndeh hat wohl seine Krieger nicht mehr unter Kontrolle. Sag ihm, er soll seine Männer warnen. Der Nantan von Fort Buchanan sagte, wenn er die Lumpen von Cochise noch einmal dabei erwischt, Vieh zu stehlen, wird er ihn mit einem Gegenschlag vernichten. Er droht sogar damit, euch aufzuhängen.«

Ich lachte laut, aber dann verriet mir der Mann, dass Nantan Ewell zwei neue Feuerwagen bestellt hat und dazu genügend große Pesh-Kugeln und viele Fässer von dem schwarzen Pulver, das Feuer aus dem Feuerwagen schickte. Ich verstand nicht, was er damit meinte, denn so eine Waffe hatten wir noch nie gesehen. Ich vermutete, dass der Händler nicht mit gerader Zunge sprach, denn oft trank er zu viel Mescal. Ich dankte ihm dennoch für die Warnung und gab ihm einige unserer heiligen Steine, die manche Frauen der Weißaugen als Schmuck kauften, weil sie die blaue Farbe an den Himmel erinnerte.

Ich nahm die Drohung ernst und beschloss, Cochise davon zu berichten, denn dieser Händler war ein Freund der Ndeh und war verheiratet mit einer Frau aus Häuptling Juhs Familie. So wie es aussah, warteten die Blaujacken nur auf eine Gelegenheit, noch brutaler gegen Cochise vorgehen zu können. Dass ihnen dabei jedes Mittel recht sein würde, bekamen auch wir Bedonkohe, die Nednhi und andere Apachen-Gruppen zu spüren. Ich dachte oft an die Navajos, die man ins Reservat gezwungen hat, ohne sie im Kampf zu besiegen.

»Diese Blaujacken kämpfen nicht wie die Ndeh. Sie suchen keine Ehre und kämpfen hinterhältig«, bemerkte ich einmal gegenüber Mangas Coloradas.

Dieser schüttelte den Kopf.

»Nein, Geronimo. Sie haben ein anderes Bild von Ehre. Ihnen bedeutet es am meisten, uns zu besiegen und so wenige Blaujacken wie möglich zu verlieren. Das ist Ehre für sie. Für uns aber ist es ehrlich, im Kampf zu gewinnen, Mann gegen Mann, auch wenn wir einen Hinterhalt aufbauen. Wir zählen Ehre an der Menge der Beute, die es uns gelingt, in das Lager zu bringen. Für die Blaujacken zählt nur, einen ganzen Stamm zu töten oder gefangen zu nehmen. Ihre Ehre ist eine von schlechter Art.«

Wir wussten zu diesem Zeitpunkt nicht, wie viel Land bereits unter der Kontrolle der Weißaugen war und wie viele Stämme ihre Heimat schon für immer verloren hatten. Noch glaubten die meisten von uns, dass wir uns unsere Freiheit erhalten konnten, wenn wir nur verbissen genug darum kämpfen würden. Auch ich dachte so.

Jahre später erst erkannte ich, dass Cochise eine Vision gehabt haben musste, die ihm die grausame Wahrheit lange vor unserer endgültigen Niederlage gezeigt hatte. Er war nicht so friedlich eingestellt, wie er die Nantans der Blaujacken glauben machte. Cochise war aber ein vorsichtiger Anführer und sein Blut kochte nicht so wild in ihm, wie es bei den jungen Kriegern oder bei meinem Stamm der Fall war.

Im Monat, den die Weißaugen Januar nennen, geschah dann aber etwas, was das Friedensband zwischen Cochise, den Chiricahua und den Weißaugen endgültig zerriss und den Beginn eines Krieges gegen die Blaujacken auslöste, der viele Ernten anhalten sollte.

Bislang hatte Cochise die Overland-Mail-Station, die Post und Reisende von Stadt zu Stadt brachte, verschont. Der Grund dafür war aber eher die Tatsache, dass die Männer der Postkutschenstation mit den Chiricahua-Frauen handelten und ihnen unter anderem Heu und Feuerholz im Tausch für Mehl, Mais und Calico-Stoff abkauften. Manchmal bezahlten sie auch mit Geld, das unsere Frauen mittlerweile bei den Händlern für wichtige Dinge einsetzten.

Der Handel war ein Vorteil für Cochise. Er war schlau wie Bruder Kojote und wusste, dass das regelmäßige Tauschen mit den Männern der Station mehr nutzte als ein Beutezug, der nur einmal Vorräte zum Stamm bringen würde.

Seinen Kriegern aber waren die Weißaugen so nahe an ihrem Lager ein Dorn im Auge und sie hatten schon mehrfach damit gedroht, die Männer der Station umzubringen und ihre Pferde und Maultiere zu stehlen. In der Postkutschenstation waren immer gut zwei Hände Tiere untergebracht, um die erschöpften Pferde und Mulis gegen frische Zugtiere auszutauschen, und stellten damit eine verlockende Beute für die jungen Chiricahua-Krieger dar.

Cochise jedoch war ein großer Anführer und seine Männer hatten sich bis jetzt zurückgehalten aus Respekt ihm gegenüber.

»Lange wirst du die jungen Hitzköpfe nicht mehr kontrollieren können, Cochise«, erklärte ich ihm eines Abends, als wir an seinem Feuer zusammensaßen. »Sie wollen sich beweisen und je weniger wir die Nakai-Yes überfallen können umso mehr werden sie versuchen, Anerkennung und Beute in diesem Gebiet zu machen. Denk einmal zurück an die Zeit als wir so jung waren.«

Ich lachte, denn mir fiel der Überfall auf Don Ramon ein, den wir betrunken vom Tizwin-Bier riskiert haben. Das waren gute und sorgenfreie Zeiten gewesen. Ja, ich verstand die jungen Krieger und auch mich selbst reizte es, immer wieder auf Beutezug zu gehen.

»Geronimo hat recht. Auch ich mache mir darüber Sorgen. Noch gehorchen sie mir, aber wie lange noch, kann ich nicht sagen. Ihr Unmut wächst und ich vernehme ihre zornigen Stimmen, auch wenn sie denken, ich höre sie nicht.«

Zu diesem Zeitpunkt hätte Cochise nicht geglaubt, dass nur wenige Tage später er selbst den Kampf gegen die Weißaugen anführen würde. Ich war meistens im Lager meiner Bedonkohe-Frau und erfuhr erst später von einem der Händler aus Fort Buchanan, was genau am Apache-Pass geschehen war und warum der Häuptling der Chiricahua schließlich beschloss, dass die Zeit des Krieges gekommen war. Ich zweifelte nie an den Entscheidungen unserer Anführer und habe in all den Jahren des Kampfes so viele Lügen von unseren Feinden gehört, dass ich nur wenigen

Weißaugen glaubte. Einige respektierten uns, aber es waren nicht mehr als Finger an meiner Hand.

Nun, viele Jahre später aber, erkenne ich, dass der Teniente, der für den Krieg verantwortlich gemacht wurde, ebenfalls ein Opfer der Lügen aus den Reihen seiner eigenen Männer gewesen war und der Ausbruch des Kampfes so oder so gekommen wäre. Teniente Bascom hätte es nicht verhindern können. Hätte er vielleicht am Apache-Pass auf Cochise gehört, wäre es erst später zu vielen Toten gekommen – aber gekämpft hätten wir sowieso. Es ging schon lange nicht mehr um Rache für einzelne Überfälle oder getötete Familienmitglieder. Nein, von nun an ging es um unser Überleben, denn die Feinde auf beiden Seiten der Grenze hatten dasselbe Ziel, uns vollkommen auszulöschen bis der letzte Ndeh in das Land des Glücks gegangen war.

Kapitel 12

Die Bascom-Affäre am 27. Januar 1861

Genau wie die Blaujacken hatten auch wir durch unsere Späher von einem Überfall auf eine Ranch bei Sonoita gehört. Die Apachen hatten Ende der Zeit, die die Weißaugen Januar nennen, zweimal beide Hände Rinder gestohlen. Den Ish-Kay-Neh, der von einem Mann, den man John Ward nannte, aufgezogen wurde und der die Rinder gehütet hatte, nahmen die Krieger als Gefangenen mit. Felix Ward war zwölf Ernten alt und sein Vater ritt am nächsten Tag zum Fort Buchanan und sprach mit dem Nantan des Forts. Teniente Oberst Morrison schickte Teniente George Nicholas Bascom und seine Männer los, um den Ish-Kay-Neh und die Rinder zurückzubringen.

Bascom war der Nantan der Blaujacken, die sie siebte Infanterie nannten. Ich habe nie verstanden, warum die Krieger der Weißaugen verschiedene Namen haben. Alles, was ich in jener Zeit wusste, war, dass die Teniente und Nantans so viel zu sagen hatten wie unsere Häuptlinge, aber die Krieger in den blauen Jacken ihre Meinung zur Kriegsführung nicht mit den Nantans und Tenientes teilen durften. Auch das war eines der vielen Dinge, die für uns keinen Sinn ergaben und in unseren Augen falsch waren, denn jeder Mann konnte einen besseren Rat für einen wichtigen Kampf haben. Jeder dieser Männer riskierte sein Leben und hatte Erfahrung im Kämpfen und müsste deshalb auch das Recht haben zu sprechen.

Teniente Long und Teniente Bascom ritten aus dem Fort und fanden schnell die Spuren der Rinderherde. Ich war auf der Jagd mit einer Gruppe der Bedonkohe und wir beobachteten die Blaujacken, die dem Babocomari-Fluss Richtung Apache-Pass folgten. Dieser lag am nördlichen Ende der Chiricahua-Berge, wo Cochise und seine Leute ihr Lager hatten. Kayetenna, der Secondo von Nana war an diesem Tag bei uns.

»Sie scheinen zu Cochise zu reiten.«

Ich brummte meine Zustimmung.

»Wahrscheinlich suchen sie den Jungen und die Rinder, aber es waren nicht die Krieger von Cochise.«

Kayetenna schüttelte den Kopf.

»Nein. Wir beide wissen, dass es wahrscheinlich die Coyotero waren. Sie haben in letzter Zeit viele der Haziendas überfallen, aber diesmal haben sie einen anderen Pfad für ihre Rückkehr in die White Mountains gewählt. Die Blaujacken erwarten immer, dass die Coyoteros und auch die Pinal Ndeh den Sonoita Fluss entlang über den Berg zum San Pedro Fluss reiten.«

Ich zuckte mit den Schultern.

»Bis jetzt war es auch immer so gewesen. Außerdem können es auch die Pinal gewesen sein, die den Ish-Kay-Neh und das Vieh gestohlen haben.«

Kayetenna nickte, doch dann sagte er: »Hätten die Weißaugen besser aufgepasst, wüssten sie, dass wegen der vielen Blaujacken, die während der letzten Monde im Fort Breckinridge angekommen sind, die meisten Ndeh ihre Fluchtwege zurück von Mexiko geändert haben. Es scheint, als ob sie nicht einmal wüssten, was ihre eigenen Krieger und Nantans machen.«

Ich kicherte.

»Kayetenna hat Recht.«

Doch dann wurde der Krieger an meiner Seite ernst.

»Glaubst du, sie geben Cochise die Schuld für den Raubzug?«

Ich nickte.

»Das ist möglich. Die Weißaugen können uns sowieso nicht unterscheiden. Wenn sie Cochise für diesen Überfall beschuldigen, wird er wahrscheinlich nicht mehr so freundlich zu ihnen sein.«

Kayetenna blickte ernst hinunter zur Talsohle.

»Hm. Die Pindah-Lickoyee in den blauen Jacken aber auch nicht.«

Da die Pindah-Lickoyee, unsere helläugigen Feinde nie verstanden haben, dass alle Gruppen der Ndeh frei durch das Land streiften und nie lange an einem Ort blieben, während sie selbst immer sesshaft wurden und dieses Stück Land dann für sich beanspruchten, glaubten die Soldaten tatsächlich sofort, dass nur die Chiricahua und Cochise für den Überfall verantwortlich sein konnten. Schließlich hatten die Raubzüge seiner Krieger in der näheren Umgebung zugenommen. Das war Beweis genug für die Soldaten.

Der Häuptling der Chiricahua erzählte mir später, dass der Vater des Jungen zusammen mit vierundfünfzig Blaujacken und Teniente Bascom und Teniente Long zum Apache-Pass ritt. Am dritten Februar kamen sie dort an und Sergeant Robinson wartete bereits mit elf seiner Männer auf die Truppe. Vier weitere Anführer der Blaujacken aus einem anderen Fort waren ebenfalls dabei. So versammelten sich viele Hände der Blaujacken am Syphon-Canyon, nur eine halbe Meile von der Postkutschenstation entfernt. Dort bauten sie ihr Lager auf.

Bascom schickte einen Boten in Cochises Lager am Goodwin Canyon. Der Mann erklärte Cochise, dass Teniente Bascom mit ihm reden wollte und dass er ihn in seinem Lager in der Nähe der Overland-Station treffen sollte. Cochise hatte nicht das Gefühl bedroht zu sein und so beschloss er, ohne seine kampferprobten Krieger in das Lager der Blaujacken zu reiten. Das war etwas, was er bei den Nakai-Yes, denen er misstraute, nie getan hätte.

Wie viele Soldaten in Bascoms Lager auf ihn warteten, wusste er nicht. Auch der Grund für das plötzliche Treffen war ihm unbekannt. Er machte sich aber erst am nächsten Tag auf den Weg und nahm seinen Bruder Coyuntura als Berater mit. Auch seine beiden Neffen und seine Frau mit den beiden Söhnen begleiteten ihn.

Als ich ihn später fragte, warum er seine Familie mitgenommen hatte, erklärte er mir: »Ich war sicher, dass Teniente Bascom keine Gefahr in uns sehen würde, wenn meine Frau und die Kinder an meiner Seite in sein Lager reiten würden. Ich wollte verhindern, dass die Blaujacken das Gefühl bekamen, dass ich gegen sie kämpfen wollte. Als wir in das Lager ritten, war ich überrascht, gut sieben Mal beide Hände an Blaujacken zu sehen. Die große Zahl der Soldaten machte mich nervös, aber trotzdem wurden wir freundlich empfangen. Zwei der Soldaten nahmen meine Frau, die Kinder und auch meine Neffen mit in das Zelt, wo die Blaujacken ihr Essen bekommen. Meinen Bruder und mich führten sie aber zu Teniente Bascom und Teniente Long. Wir bekamen das gleiche Festmahl wie die beiden Teniente. Alles war gut, zumindest am Anfang, doch dann wurde Bascom plötzlich unfreundlich. Immer wieder hat er mich gefragt, wo meine Krieger den jungen Ward und die zwanzig Rinder versteckt hielten. Zuerst verstand ich nicht, aber dann erzählte mir mein Bruder vom Überfall durch die Coyoteros.«

»Hat der Teniente dir geglaubt, dass es andere Ndeh waren?«, wollte ich wissen.

Cochise schüttelte den Kopf.

»Er wurde wütend und befahl, dass ich den Jungen der Weißaugen und das Vieh sofort zurückbringen müsste. Er drohte mir, dass dem Ish-Kay-Neh nichts geschehen darf. Du weißt, dass ich mit gerader Zunge spreche, Geronimo. Ich habe Bascom immer wieder gesagt, dass es nicht die Chiricahua gewesen waren, die den weißen Ish-Kay-Neh entführt haben. Bascom glaubte mir aber nicht. Er wusste, dass ich vor zwei Ernten den Nantan von Fort Buchanan angelogen hatte, als dieser die sechzehn Maultiere zurückforderte, die meine Krieger gestohlen hatten.«

Ich nickte.

»Ich kann mich erinnern. Du hattest sicher einen Grund dafür es nicht zu sagen.«

»Ich habe es damals abgestritten, damit meine Männer nicht bestraft wurden. Man erzählte mir, dass die Blaujacken manche Menschen an einem Seil in der Luft tanzen lassen, bis sie im Land der Vorfahren sind. In den Forts haben sie einen Baumstamm dafür aufgestellt. Aber das war vor zwei Ernten und seitdem verschone ich die Haziendas der Weißaugen, wann ich nur kann. Bascom glaubte mir nicht, dass ich mit gerader Zunge sprach und den Jungen nicht in meinem Lager versteckt hielt. Einmal Lügner, immer Lügner, hat er gesagt und meinen Stolz damit tief verletzt.«

Ich schüttelte wütend den Kopf, als Cochise dann davon berichtete, wie Bascom einen Vorschlag machte, der wie ein Schlag in das Gesicht unseres höchsten Anführers der Chiricahua war.

»Du kannst in meinem Lager bleiben, bis der Junge und das gestohlene Vieh zurückgebracht werden. Auch deine Frau, die Kinder und dein Bruder bleiben hier.«

Cochise musste wütender wie eine aufgeschreckte Schlange gewesen sein. Er sprang auf, schlitzte mit seinem Messer die Zeltwand auf und verließ die Unterkunft von Bascom so überraschend schnell, dass die Soldaten ihn nicht fassen konnten. Sein Bruder Coyuntura folgte, stolperte aber über eines der Seile am Zelt und ein Soldat nahm ihn gefangen, denn er verletzte Cochises Bruder mit seinem Bajonett und zwang ihn, liegen zu bleiben. Auch die Neffen, die Frau und die beiden Kinder wurden gefangengenommen. Der Vater des jungen Ward feuerte hinter dem fliehenden Cochise her und machte mit seinen Schüssen alles nur noch schlimmer.

Die Soldaten blieben über Nacht am Apache-Pass, fürchteten aber wohl einen Angriff, denn sie verlegten ihr Lager, verschanzten sich in der Overland-Station und versuchten, das Gebäude wie ein Fort zu verstärken. Sie stellten leere Kutschen vor die Station und stapelten Säcke mit Mehl und Getreide auf, um dahinter in Deckung zu gehen.

Krieger von Cochise beobachteten sie aus der Nähe.

»Was tun sie?«, wollte Taza wissen.

Cochise sah, wie die Soldaten anfingen, mit Schaufeln einen Graben hinter den Säcken zu ziehen.

»Sie wollen sich dahinter schützen, damit unsere Pfeile und Kugeln sie nicht treffen können.«

Sein Sohn Taza runzelte die Stirn.

»Es wird schwierig, sie zu töten, wenn sie sich hinter Kutschen und Mauern verstecken.«

Cochise nickte.

»Wir müssen sie aus dem Lager locken.«

Sein Secondo schlich sich zu den beiden.

»Die Frauen, die mit den Männern dort drüben handeln, sagen, dass all diese Säcke voll mit Bohnen, Mais und Mehl sind. Ich bin sicher, sie haben genügend Essen für zwanzig Sonnen.«

Cochise nickte.

»Das ist schlecht. Es wird ein langer Kampf werden und wir müssen vorsichtig sein, dass wir nicht meine eigene Familie erschießen.«

Der Krieger überlegte einen Moment.

»Eine Sache ist gut. Das Wasser der Quelle ist nicht in ihrem Lager. Sie müssen aus der Deckung heraus, wenn sie trinken wollen oder die Tiere tränken. Enjuh – das ist gut für uns. An der Quelle können wir sie angreifen.«

Taza blickte auf die gegenüberliegenden Erhebungen. Das plötzliche Aufflackern von Signalfeuer auf den Hügelkämmen machte die Soldaten zusätzlich nervös und sie hatten auch allen Grund dazu. Dennoch blieb es in jener Nacht ruhig. Niemand wusste, was Cochise und seine Krieger planten. Er war außer sich vor Zorn, denn man hatte ihn nicht nur in seiner Ehre verletzt und ihn falsch beschuldigt, sondern hielt auch seine Familie gefangen. Das Vertrauen, das Cochise in die Weißaugen gesetzt hatte, war betrogen worden.

Am nächsten Morgen aber überraschte Cochise Bascom und die anderen Anführer, denn er kam freiwillig in das Lager zurück. Der Häuptling der Chiricahua war nicht allein. Mit ihm ritten Francisco, Anführer der Coyotero-Apachen und zwei seiner Krieger. Cochise hatte von Anfang an vermutet, dass die Coyotero, die gut fünf Tagesritte entfernt in den White Mountains lebten, den Jungen entführt und die zwanzig Rinder gestohlen hatten. Francisco sollte nun mit Bascom verhandeln und dem Teniente erklären, dass Cochise und seine Krieger unschuldig waren.

Bascom, der Vater des Jungen und die beiden Offiziere Dan Robinson und William Smith liefen Cochise zögernd mit einer weißen Flagge entgegen. Keiner wusste, wie feindselig der Häuptling der Chiricahua nach den Ereignissen vom Vortag war. Sergeant Robinson aber entdeckte in diesem Moment eine größere Ansammlung Apachen in einem ausgetrockneten Flussbett südlich des Gebäudes. Er war nicht überrascht, denn ein Offizier, den er am Doubtful Canyon Tage zuvor getroffen hatte, warnte ihn bereits, dass sich Cochise die letzten Tage auffällig aggressiv verhalten würde.

Als die Offiziere auf Cochise zugingen, riefen zwei Frauen bei den Kriegern die Angestellten der Postkutschenstation zu sich. Die Frauen waren keine Ndeh, sondern Nakai-Yes, die Chiricahua-Krieger vor langer Zeit geraubt hatten. Der Stallbursche Robert Walsh, der Kutscher James Wallace und der Nantan der Postkutschenstation Charles Culver verließen die schützende Deckung und gingen langsam auf die Frauen zu.

»Kommt sofort zurück, ihr Narren«, schrie Bascom außer sich vor Wut, aber sie waren keine Soldaten und ignorierten seinen Befehl.

Die drei Overland-Angestellten kannten die Frauen und hatten schon oft mit ihnen Handel getrieben. Sie waren sich keiner Gefahr bewusst, denn von ihrer Position aus konnten sie die versteckten Krieger im Flussbett nicht sehen.

Bascom rief abermals: »Männer, kommt zurück! Da unten in dem Flussbett sitzen mehr als eine Handvoll Apachen.

Der schlaue Fuchs ist nicht allein zurückgekommen. Seid ihr denn lebensmüde?«

Kaum aber waren die drei Männer bei den Frauen angelangt, wurden sie sofort von Kriegern angegriffen und gefesselt. Culver gelang die Flucht. Bascom drehte sich zu seinen Leuten um.

»Feuer! Schießt unseren Männern den Weg frei!«

Die Blaujacken eröffneten sofort das Feuer, aber auch die Ndeh schossen. Der Mann, den sie Walsh nannten, wurde dabei von einer Kugel getroffen und brach tot zusammen. Culver wurde schwer getroffen, aber schaffte es bis kurz vor das Gebäude. Wallace wurde von den Kriegern gefangengenommen.

»Holt den Mann sofort in die Postkutschenstation!«, schrie Teniente Bascom und seine Männer eilten zu dem verletzten Culver und trugen ihn hinter die schützenden Mauern.

Cochise und der Coyotero-Häuptling flohen zurück zu ihren Kriegern. Die Verhandlungen zwischen Cochise, Teniente Bascom und Francisco konnten nicht stattfinden und beide Seiten verschanzten sich sofort wieder.

Am 6. Februar erschien Cochise noch einmal im Lager der Blaujacken. Er hatte sechzehn Maultiere der Armee dabei und den Gefangenen Wallace, um einen Tausch gegen die Geiseln von Bascom vorzunehmen. Als ich das hörte, lachte ich, als ich mir das Gesicht von Teniente Bascom vorstellte. Er war ein stolzer Anführer seiner Soldaten und die eigenen Maultiere zum Tausch angeboten zu bekommen, muss ihn beleidigt haben.

»Du willst mir meine eigenen Maultiere zum Tausch anbieten? Das sind Tiere. Wir aber wollen den Jungen Felix Ward und die Rinder dieses Mannes hier. Cochise denkt, ich bin ein Narr. Glaubst du denn, ich weiß nicht, dass Wallace ein Freund von Cochise und den Chiricahua ist? Er hat es mir selbst erzählt. Ich muss ihn nicht retten, denn ich weiß, dass ihr ihm nichts tun werdet.«

Selbst wenn Bascom einverstanden gewesen wäre, so hätten die Chiricahua noch immer nicht den Jungen des

Ranchers Ward dabeigehabt. Auch der Coyotero Francisco wusste nicht, wo der Junge der Weißaugen war.

»Ich glaube, die Pinal-Apachen haben deinen Sohn«, erklärte er dem zornigen Vater schließlich.

Dann sprach Cochise: »Die Pinal sind keine Freunde der Chiricahua. Ich kann ihnen nicht befehlen, den Ish-Kay-Neh zurückzubringen. Sie haben keinen Grund, auf mich zu hören. Meine Familie hat nichts Unrechtes getan. Wir haben den weißen Ish-Kay-Neh nicht mitgenommen. Wir waren nicht am Sonoita Creek, Teniente Bascom. Lass meine Familie frei.«

Cochise war verzweifelt, denn er fürchtete um seine Frau, die Kinder und den Bruder und seine Söhne aber er sah keine Möglichkeit, den Jungen von Ward zurückzubringen. Sein Stamm war den westlichen Pinal-Apachen oder den Aravaipas-Apachen nicht freundlich gesonnen und so wie es aussah, hatte einer dieser zwei Stämme mittlerweile den Jungen als Sklaven eingetauscht.

Bascom blieb hart und weigerte sich nach wie vor, die Familie des Häuptlings gehen zu lassen.

»Entweder ihr bringt Wards Sohn und seine Rinder zurück oder deine Familie bleibt in meinem Lager unter Arrest.«

Cochise verließ Bascoms Camp unverrichteter Dinge.

»Was können wir tun, Vater?«, wollte Taza wissen. »Ich habe Angst um Mutter, meinen Onkel und die anderen.«

Cochise überlegte.

»Wir müssen bessere Geiseln haben, um Bascom so weit zu bringen, unsere Familie freizulassen. Ich kann ihm den jungen Ward und die Rinder nicht geben. Ich weiß nicht einmal, wo der Ish-Kay-Neh jetzt ist. Wir werden die Postkutsche überfallen und neue Gefangene nehmen.«

Taza nickte.

»Wo überfallen wir sie?«

Cochise blickte ernst und überlegte. Die Männer um ihn herum schwiegen. Dann gab er den Befehl an seine Krieger.

»Wir lauern ihnen auf beiden Seiten der Strecke auf. Wir werden die Kutsche nach Osten und auch die nach Westen angreifen. Ich kenne die Tage, an denen sie fahren und weiß, dass beide Kutschen morgen an der Station erwartet werden.«

Taza nickte den Kriegern zu.

»Enjuh, Vater. Es ist gut. Wir werden Weißaugen in das Lager von Teniente Bascom bringen und dann unsere Männer und deine Frau zu uns holen, denn die Weißen, die in der Kutsche reisen, muss er beschützen.«

Am folgenden Tag hatten die Passagiere in der Kutsche, die Richtung Westen unterwegs war, mehr Glück, als sie ahnen konnten. Die Postkutsche war beinahe vier Stunden früher dran als üblich und entkam deshalb Cochise und seinen Chiricahua. Zwar hatten die Krieger eine Barrikade entlang der Strecke aufgebaut, aber niemand bewachte sie, denn Cochise und seine Männer waren an der Ostseite der Route beschäftigt. So lenkte der Kutscher die Kutsche um die Barrikade herum und machte, dass er wegkam.

An der Ostseite der Strecke jedoch rumpelte ein ganzer Wagentreck die Postkutschenroute entlang und Cochises Männer töteten sechs Nakai-Yes-Kutscher, folterten zwei weitere Mexikaner und nahmen drei Weißaugen gefangen. Frank Brunner, ein deutscher Einwanderer, William Sanders und Sam Whitfield fürchteten um ihr Leben, nachdem sie den grauenhaften Tod der mexikanischen Wagenführer erleben mussten. Cochise zwang seinen Gefangenen vom Vortag, Wallace seine Zeichen auf ein Papier zu machen, um Bascom zu informieren, dass ihm Cochise und seine Krieger nun vier Weißaugen zum Tausch für seine Familie anboten. Die Nachricht befestigten sie mit einem Pfeil an einem Baum ganz in der Nähe der Poststation, damit die Soldaten sie leicht finden konnten.

Cochise führte seine Jagd nach Geiseln fort, denn er wollte ein Weißauge für jeden gefangenen Chiricahua in das Lager der Blauröcke bringen.

Am 7. Februar überfielen seine Männer eine weitere Kutsche mit Passagieren. Moses Lyons, der die Kutsche lenkte, wurde schwer verletzt und das Leittier getötet. Der erfahrene Angestellte William Buckley, der für die Overland-Gesellschaft arbeitete, übernahm die Zügel, nachdem ein paar der Männer in der Kutsche das tote Maultier aus dem

Geschirr geschnitten und die Zugtiere darum herumgeführt hatten. Die Weißaugen in der Kutsche entkamen Cochise, aber die Chiricahua gaben nicht auf. Cochise feuerte seine Krieger an.

»Wir müssen die Weißaugen gefangen nehmen. Meine Frau und die Kinder und mein Bruder mit seinen Söhnen sind mit jeder Sonne in größerer Gefahr. Wir wissen nicht einmal, ob sie noch leben. Wir werden die Kutsche verfolgen, bis wir die Leute darin gefangen nehmen können.«

Die Maultiere wurden von William Buckley erbarmungslos den Pass entlang gepeitscht, denn die Passagiere wussten, dass sie in Todesgefahr waren. Jeder von ihnen hatte genügend Geschichten über die Apachen gehört und wusste, dass diese nicht zögerten jemanden umzubringen. Keiner von ihnen ahnte, dass sie als Geiseln zum Tausch gegen Apachen dienen sollten, denn ihnen waren die Ereignisse am Apache-Pass nicht bekannt.

Am Nachmittag des 7. Februars wollte Sergeant Huber, ein weiterer Einwanderer, der über das große Wasser in unsere Heimat gekommen war, die Zugtiere an der nahe gelegenen Quelle tränken. Der Soldat Robinson, der auch ein Führer der Blauröcke war, postierte vier Männer in der Nähe der Quelle, ihre Gewehre geladen an der Schulter. Sie warteten feuerbereit, während Robinson als Wache auf einem Hügel in der Nähe den Eingang des Tals beobachtete.

»Wir sollten die Herde in zwei Gruppen teilen«, schlug Huber vor. »Auf die Art können wir sie besser unter Kontrolle halten, falls die Apachen angreifen.«

Robinson nickte.

»Das ist eine gute Idee. Wir können… Moment mal, was ist das? Da kommt einer auf uns zu galoppiert.«

Robinson griff zur Waffe und beobachtete verdutzt, wie der schwer verwundete Lyons auf einem Maultier mitten in die Herde der Soldaten ritt und diese auf die Quelle zu trieb.

»Apachen! Sie greifen an!«

Huber versuchte, die aufgeschreckten Maultiere zusammenzuhalten, aber die Tiere stoben nervös auseinander. Als sich Robinson und Huber umdrehten, sahen sie eine große

Gruppe von Cochises Kriegern, angeführt von seinem älteren Sohn Taza auf sie zureiten.

Ein Pfeil zischte durch die Luft und verwundete Robinson. Drei weitere Krieger stoppten das erschöpfte Maultier von Lyons und rissen den verletzten Mann von dessen Rücken. Erbarmungslos schlugen sie mit ihren Kriegskeulen auf ihn ein, bis er regungslos liegen blieb. Für einen Moment siegte der Stolz der Chiricahua und die Krieger vergaßen, dass Lyons ein wertvoller Gefangener gewesen wäre. Dass er ihnen zuerst entkommen war, hatte die jungen Männer in ihrem Stolz verletzt.

Zur gleichen Zeit entdeckte Teniente Bascom Cochise und seine Männer auf der anderen Seite der Postkutschenstation. Die Kutsche mit den Passagieren schaffte es gerade noch zur Station.

»Alle sofort in das Gebäude und hinter die Barrikaden«, schrie Bascom den verängstigten Leuten zu.

Leutnant John Cooke, ein älterer Offizier war am Tag zuvor angekommen. Er war auf dem Weg zu den Konföderierten und stellte sich unter das Kommando des jüngeren Bascom.

»Wir müssen den Männern bei der Quelle helfen, Sir.«

»Wenn ich zu den Leuten bei der Quelle gehe, werden uns die Apachen da unten in dem Flussbett in die Flanke fallen. Die Rothäute warten nur darauf, uns von der anderen Seite in die Zange nehmen zu können«, gab der verzweifelte Bascom zu bedenken.

Leutnant John Cooke war ein erfahrener Soldat und versammelte ohne zu zögern zehn Mann um sich.

»Da draußen sind unsere Männer umzingelt von diesen Mördern. Wir müssen ihnen helfen und können sie nicht einfach ihrem Schicksal überlassen, Sir. Mit Ihrer Erlaubnis reite ich dorthin. Nehmen Sie Cochise in dem Flussbett unter Beschuss und halten Sie uns so den Rücken frei.«

Ich bewundere mutige Weißaugen, die so kämpfen wie die Krieger unserer Stämme und Teniente Cooke war so ein Mann. Trotz der Übermacht gelang es ihm, Robinson und

Huber den Weg freizuschießen und alle Blaujacken zurück zu Bascom zu bringen. Die meisten Maultiere aber wurden Beute unserer Krieger, die sie rasch zurück in das Lager von Cochise trieben. Wir erbeuteten mehr als fünf Mal beide Hände an Maultieren und es war eine reiche Belohnung für die Chiricahua, aber die Familie von Cochise war noch immer gefangen in Teniente Bascoms Lager.

Dann bekamen die Chiricahua Verstärkung, denn genauso wie Cochise Rache für die Schmach seines Schwiegervaters Mangas Coloradas genommen hatte, so war dieser nun auch an Cochises Seite, um ihm bei seinem Kampf gegen Teniente Bascom zu helfen. Ein paar Stunden später traf Mangas Coloradas mit seinen Kriegern der Bedonkohe ein. Auch ich ritt an seiner Seite. Die Station der Overland-Linie war nun von uns auf drei Seiten umzingelt.

Bascom rief ein paar Männer zu sich, um sie durch die feindlichen Linien zu schicken, damit sie im Fort Buchanan und in Tucson Hilfe holen würden.

»Männer, so wie es aussieht, sind wir mittlerweile von gut fünfhundert Kriegern umzingelt. Einer der Wachen meldete mir, dass auch Mangas Coloradas mit seinen Männern eingetroffen ist. Wir brauchen dringend Verstärkung von den anderen Forts, wenn wir hier lebend herauskommen wollen. Ich brauche zwei Männer, die auf Maultieren zum Fort Buchanan reiten. Dort sind hoffentlich genügend Soldaten stationiert. Ihr müsst die Hufe eurer Reittiere mit Stoff umwickeln, damit die Apachen euch nicht bemerken. Ich hoffe, der frische Schnee verhindert, dass man die Schritte der Tiere auf dem felsigen Untergrund hört.«

Nach kurzem Schweigen traten zwei Infanterie-Soldaten vor und salutierten.

»Wir sind bereit, nach Fort Buchanan am Sonoita Creek zu reiten. Wir werden alles versuchen, so schnell wie möglich Hilfe zu holen.«

Bascom nickte dankbar.

»Danke, Männer. Ihr seid die einzige Chance, die wir haben.«

William Buckley, der die oberste Aufsicht über die Overland-Linie hatte, deutete auf den Bruder des verletzten Culver.

»Sie reiten nach Tucson. Ihr Bruder braucht dringend einen Arzt und Sie kennen die Strecke wie ihre Westentasche.«

Culver nickte, ohne zu zögern.

»Diese Bastarde haben meinen Bruder angeschossen. Wir waren immer freundlich zu ihnen. Ich werde dafür sorgen, dass wir bewaffnete Verstärkung und zusätzliche Munition aus Tucson bekommen.«

Bascom blickte die Männer an.

»Gott schütze Sie. Ich hoffe, Sie schaffen es. Unser Leben hängt von Ihnen ab, Gentlemen.«

Die drei Freiwilligen ritten beim ersten schwachen Morgengrauen los und die Hoffnung aller Soldaten und Zivilisten, die umzingelt von den Kriegern der Ndeh am Apache-Pass um ihr Leben zitterten, ruhte auf ihnen. Die Männer hatten Glück, denn alle drei Reiter kamen trotz der Übermacht der feindlichen Krieger unversehrt in Fort Buchanan und in Tucson an und konnten Hilfe holen.

Am 9. Februar meldete sich der Feldarzt von Fort Buchanan, Bernard Irwin, freiwillig zusammen mit zwölf Männern der Kompanie H der siebten Infanterie, um Leutnant Bascom zur Hilfe zu eilen. Mehr Männer hatte er aufgrund des näher rückenden Bürgerkriegs nicht zur Verfügung. Irwin rechnete mit vielen Verletzten unter den Kameraden und packte an Verbandsmaterial ein, was er im Fort auftreiben konnte. Ganz uneigennützig war sein Einsatz allerdings nicht, denn er war als ehrgeizig und geltungssüchtig bekannt. Hier war seine Chance, aus dem Schatten seiner Vorgesetzten heraustreten zu können. So sollte ihm der Einsatz tatsächlich später das erste Ehrenverdienstkreuz der Vereinigten Staaten einbringen. Aber weder er noch seine Männer waren tapferer als die Krieger der Ndeh und man hörte immer wieder, dass Irwin kein aufrichtiger Mensch war. Er hatte Bascom später wiederholt schlecht gemacht und sich selbst als Retter der Situation am Apache-Pass dargestellt.

Was keiner der Blaujacken bei der Postkutschen-Station wusste, war, dass die gesamte Kompanie der achten Infanterie aus Fort Breckenridge keine fünfzehn Meilen entfernt nördlich der Dos Cabezas Berge in Richtung Rio Grande marschierte. Die Besatzung aus Fort Breckenridge wusste offensichtlich ihrerseits nichts davon, dass Bascom und seine Männer um ihr Leben fürchten mussten.

Den Chiricahua aber war die Anwesenheit dieser größeren Truppe nicht entgangen, denn Späher der Ndeh hatten sie entdeckt und sofort Cochise und Mangas Coloradas gemeldet. Der Apache-Pass liegt zwischen den Chiricahua Bergen und den Dos Cabezas in einem Tal. Die Gefahr, dass die Truppe aus Fort Breckenridge die feindlichen Apachen doch noch entdecken könnte, war groß.

»Was denkst du, Mangas Coloradas? Wollen die Blaujacken uns einkreisen?«

Cochises Schwiegervater nickte.

»Es sieht danach aus. Sie haben die besseren Waffen und wenn sie genügend Reiter mit Gewehren dabeihaben, können sie uns vom Bergrücken der Dos Cabezas umzingeln. Wir haben nicht genügend Deckung für all unsere Krieger, wenn sie von dem erhöhten Pass auf uns schießen. Sie können uns erlegen wie die Hasen.«

Cochise blickte besorgt zu seinem Verbündeten Francisco und mir.

»Was denkst du, Geronimo? Sprich!«

Ich blickte über die Gruppe an Kriegern, die sich hinter den Felsen versteckt hielt.

»Cochise weiß, dass ich nie einen Kampf fürchte und wenn es sein muss, mein Leben für die Befreiung deiner Familie gebe. Wir haben viele Krieger bei uns, aber diese müssen auch essen. Wasser und Fleisch sind knapp. Die Soldaten haben noch ein paar Vorräte, wir nicht. Wir haben versucht, Teniente Bascom und seine Männer zu uns und weg von dem Gebäude der Postkutschen zu locken. Er ist schlau wie ein Kojote, denn er ist das Risiko nicht eingegangen. Sie haben die Station gut verstärkt und sie ist im Moment beinahe so sicher wie ein Fort. Wenn wir sie angreifen, werden wir viele Männer verlieren und wenn wir dann geschwächt sind, müssen wir damit rechnen, dass die Blaujacken von dem Pfad zwischen den Dos Cabezas herabkommen. Wir können uns dann nicht mehr zurückziehen. Dann können sie von zwei oder sogar drei Seiten auf uns schießen. Der Weg zurück nach Mexiko wäre genauso abgeschnitten wie der Pfad zurück in die Chiricahuas und unser Lager.«

Cochise überlegte einen Moment.

»Enjuh – gut. Wie immer haben Mangas Coloradas und Geronimo weise gesprochen. Ich darf nicht das Leben aller Chiricahua für meine Familie riskieren. Noch sind sie nicht in Gefahr, denn Teniente Bascom will noch immer den Ward-Jungen zurückhaben. Wir ziehen uns zurück, aber so, dass sie es nicht merken. Sollen die Blaujacken ruhig noch eine Nacht voller Angst verbringen.«

Wir verschwanden genauso lautlos, wie wir am Apache-Pass aufgetaucht waren. Cochises Familie aber war noch immer gefangen in Bascoms Lager.

Der Feldarzt Irwin und seine Männer begegneten am 10. Februar einer Gruppe Coyotero, die eine kleine Herde gestohlenes Vieh durch das Tal von Sulphur Springs trieb. Er orderte sofort die Verfolgung an und nach einer kurzen Jagd hatte er nicht nur die Rinder sichergestellt, sondern auch drei von Franciscos Kriegern gefangengenommen.

»Lasst uns die Rinder zu Bascom treiben. Ich bin sicher, dass den Männern dort oben am Apache-Pass die Vorräte zur Neige gehen.«

Er sollte damit recht behalten, denn das Essen an der Overland-Postkutschen-Station war tatsächlich beinahe aufgebraucht.

Die nächsten beiden Tage blieb am Apache-Pass alles ruhig und die Soldaten erkannten, dass sich Cochise und seine Verbündeten wohl zurückgezogen hatten. Am nächsten Morgen kamen die Offiziere Leutnant Moore und Richard Lord mit siebzig weiteren Dragonern in das Lager von Bascom geritten. Damit fühlten sich die dort einge-schlossenen Soldaten zum ersten Mal in Sicherheit.

Am 16. und 17. Februar ritten diese Dragoner auf Erkundungsmission, um Cochise und seine Krieger zu suchen. Noch immer wollte man den entführten Jungen finden und außerdem sicherstellen, dass kein weiterer Angriff von Seiten Cochises drohte. Aber die Blaujacken fanden weder den entführten Felix Ward noch die feindlichen Apachen.

»Sie sind wie vom Erdboden verschluckt«, schimpfte Leutnant Moore. »So viele Apachen können sich doch nicht einfach in Luft auflösen. Zum Teufel!«

Richard Lord blickte skeptisch in die Umgebung.

»Wenn diese Höllenhunde nicht entdeckt werden wollen, sind sie wie die Geister der Berge. Niemand sieht sie, obwohl sie vielleicht hinter dem nächsten Felsen lauern.«

Moore brummte seine Zustimmung.

»Das ist ja genau das, was es uns so schwer macht, sie endlich unter Kontrolle zu bekommen. Diese Berge sind ein Labyrinth aus Felsen mit tausenden von Verstecken.«

Die Blaujacken brannten ein leeres Lager nieder, damit wir dieses nicht mehr als Versteck nutzen konnten. Kurz darauf fanden die Soldaten aber die Leichen der gefolterten Nakai-Yes und der vier Weißaugen, die Cochise als Geiseln bei sich gehabt hatte. Da er diese doch nicht zum Tausch für seine Familie nutzen konnte und Bascom sich nach wie vor weigerte, seine Familie freizugeben, kannte der Zorn von Cochise keine Grenzen. Er tötete all seine Gefangenen, nachdem er sie foltern ließ und zog sich dann zurück in die Chiricahua-Berge. Am 18. Februar verließ die erste Kutsche die Overland-Station. Die Post und die Passagiere wurden wieder entlang des Apache-Passes befördert.

Obwohl die Blaujacken die Camps um den Apache-Pass auflösten und wieder in ihre Forts zurückkehrten, ließen sie dennoch eine kleine Gruppe Männer zurück, um den Angestellten der Postkutschenlinie Schutz zu bieten. Noch traute niemand der plötzlichen Ruhe. Alle wussten, dass wir Ndeh plötzlich und unerwartet zuschlagen konnten.

Die Offiziere der Soldaten, Bascom, Lord, Irwin und Moore hielten Rat an der Stelle, wo die Chiricahua den Wagentreck überfallen und die Kutscher getötet hatten. Sie waren über den Anblick der verkohlten Leichen geschockt. Irwin betrachtete die verstümmelten Leichen der Amerikaner. Er war außer sich vor Zorn.

»Sie haben die Männer an die Räder gebunden und den Wagen dann angezündet. Mein Gott, sie sind bei lebendigem Leib verbrannt. Das sind Wilde, nichts als mörderische Ungeheuer. Mit welchem Recht verlangt dieser Lügner eigentlich seine Familie zurück? Diese Männer hatten auch Familien. Lasst uns diese roten Halunken aufhängen.«

Leutnant Bascom schüttelte den Kopf.

»Das wäre äußerst unklug. Das sind nicht irgendwelche Apachen. Der ältere Krieger ist Cochises liebster Bruder, die beiden Jungen sind seine Neffen und ich werde mit Sicherheit keine Frau und zwei seiner Kinder töten. Ich bin ein guter Christ, Irwin. Bei aller Feindschaft zu den Apachen hat sich Cochise bis zu den Vorfällen der letzten Tage kooperativ gezeigt und ich werde mit Sicherheit keine unschuldige Frau oder gar Kinder töten lassen.«

Irwin schnaubte aufgebracht.

»Kooperativ? Schauen Sie sich die Leichen an, Bascom. Diese Menschen wurden furchtbar gefoltert und müssen grauenhafte Schmerzen erlitten haben. Was die Kinder betrifft und die Frau: Ich habe Apachen-Frauen gesehen, die nicht einen Moment gezögert haben, einem Soldaten die Kehle aufzuschlitzen und diese beiden Kinder sind die Mörder von morgen. Diese roten Teufel erziehen ihre Söhne und Töchter von Kindesbeinen an zum Töten. Ich habe mich freiwillig gemeldet und meinen Auftrag erfüllt. Der Kommandeur hat befohlen, die Gefangenen in Fort Buchanan unter Arrest zu stellen und Cochises Männer zu bekämpfen. So betrachtet stehen die drei Krieger also unter meinem Befehl.«

Bascom schüttelte den Kopf.

»Sind Sie so von Ehrgeiz zerfressen, dass Sie dafür unschuldige Menschen an den Galgen liefern?«

Irwin schlug aufgebracht mit der Faust in die Hand.

»Noch einmal: Diese Männer sind nicht unschuldig, sondern unsere erklärten Feinde. Wir sind im Krieg mit allen Rothäuten. Wenn Sie weiter so mit diesen Wilden sympathisieren, könnte der Verdacht aufkommen, dass Sie den Eid, den Sie auf unsere Verfassung geschworen haben, verraten. Als Leutnant der Armee haben Sie die Pflicht, allen Feinden unserer Nation den Garaus zu machen oder gehören Sie vielleicht sogar zu den Verrätern der Konföderierten?«

Bascom kochte vor Wut.

»Wie können Sie es wagen, so mit mir zu sprechen?«

Irwin jedoch drehte sich gelassen zu Moore um.

»Ich habe die drei Coyotero-Apachen gefangengenommen. Sie stehen unter meinem Befehl. Ich verurteile diese Lumpen hiermit zum Tod durch den Strang. Leutnant Moore, Sie sind der dienstälteste Offizier unter uns und Kommandeur dieses Aufklärungstrupps. Sie bestimmen, was mit Cochises Leuten geschehen soll. Wie entscheiden Sie, Sir?«

Moore zögerte einen Moment. Er war dem Überfall auf die Kutsche nur knapp entkommen.

Bascom schüttelte den Kopf.

»Ich bitte Sie, Sir, überlegen Sie sich gut, was Sie entscheiden. Wenn wir Cochises Familie aufhängen, kann das einen Krieg gegen alle Apachen auslösen.«

Moore schüttelte den Kopf.

»Bascom, Sie können den Krieg mit Cochise nicht mehr verhindern. Die Anweisungen der Regierung sind eindeutig. Zum Teufel, wir haben im Osten genügend Probleme. Es ist an der Zeit, rigoroser durchzugreifen. Cochise und Geronimo haben uns lange genug auf der Nase rumgetanzt. Ich glaube nicht, dass der alte Chiricahua so unschuldig ist, wie er tut. Wir wissen beide, dass er damals gelogen hat, als es um die gestohlene Herde Maultiere ging. Wer sagt denn, dass er nicht auch dieses Mal ganz genau Bescheid weiß über den Jungen und die Rinder vom alten Ward?«

Er blickte in die Runde und seufzte. Dann fällte er das Urteil.

»Hängen Sie die drei Chiricahua-Krieger morgen früh zusammen mit den Coyotero auf. Die Frau und die beiden Kinder lassen wir bei Fort Buchanan laufen. Sie wird sich sicher mit Hilfe anderer Apachen bis zu Cochise durchschlagen. Sein Bruder Coyuntura und die beiden Söhne aber werden den morgigen Mittag nicht mehr erleben.«

Bascom blickte betreten zu Boden, während Irwin ihn triumphierend angrinste. Es war entschieden. Keiner in der Runde außer Bascom ahnte, dass damit ein Krieg losbrechen würde, der weit über zehn Jahre andauern sollte.

Drei Tage später erklang der Todesgesang von Cochises Bruder und den beiden Neffen durch die Wildnis. Trotz der Trommeln der Soldaten hörten die Apachen nicht auf zu singen. Für uns war der Gesang des Todes ein heiliges Gebet, das wir nur einmal anstimmten, nämlich dann, wenn wir in das Land des Glücks gingen. Keiner der drei Männer winselte um Gnade. Sie starben am 19. Februar mit den Seilen um den Hals, bis sich ihre Körper nicht mehr bewegten. Sie gingen in das Land des Glücks ohne Furcht zu zeigen, wie es den Ndeh würdig war. Teniente Moore und seine Männer ließen Cochises Bruder und seine Neffen an dem Baum hängen und machten sich auf den Weg zurück zu ihrem Fort. Zu dieser Zeit lagerten Cochise und seine Leute im Doubtful Canyon in den Peloncillos. Wie die meisten von uns vermutete er mittlerweile, dass sein Bruder und die Familie tot waren.

Selbst wenn Cochise und Francisco von den Coyotero die Leichen finden würden, so würden sie diese doch nicht begraben, denn wir Ndeh fürchteten uns davor, die Toten zu berühren. Wir brachten ihnen Opfergaben oder ihre liebsten Gegenstände, damit ihr Geist nicht zu uns zurückkam, um diese Dinge zu suchen. Nein, sie sollten für immer in das Land des Glücks gehen, ohne von uns zurückgerufen zu werden.

So blieben die sechs erhängten Ndeh viele Monde an den Seilen der Blaujacken am Apache-Pass hängen.

Als die Nachricht vom Tod der drei Chiricahua in das Lager von Cochise drang, schwor dieser blutige Rache.

Teniente Bascom wurde von seinem eigenen Volk für den Krieg mit den Ndeh verantwortlich gemacht, aber wir wussten es besser, denn wir durchschauten Männer wie Irwin vielleicht schneller als ihre eigenen Soldaten. Bascom verließ das Fort in den Dragoon Mountains kurz nach dem Kampf am Apache-Pass.

Später als Gefangener hörte ich, dass George Nicholas Bascom am 21. Februar 1862 im Alter von nur 25 Ernten in der Schlacht von Val Verde bei einem Angriff der Konföderierten im Gebiet, das die Weißaugen New Mexico nannten, starb. Genau wie die meisten von uns Ndeh sah auch er seine Heimat, die Kentucky genannt wurde, nie mehr. Er war auf andere Art ein Gefangener gewesen, genau wie ich es nun bin. Obwohl er ein Feind gewesen war, respektierte ich ihn, denn man sagte, dass er bis zu seinem Tod in der Schlacht tapfer gekämpft hatte.

Im Juli 1861 wurde die Postroute aus Texas und Arkansas verlegt und führte nicht mehr durch Arizona, da die Konföderierten das Gebiet um den Rio Grande immer mehr für sich einnahmen. Fort Breckenridge und Fort Buchanan wurden aufgelöst, um mit Hilfe der zusätzlichen Soldaten dort gegen die Invasion der Konföderierten anzukämpfen. Die Farmen, Orte und Rancher, die beide Forts versorgt hatten, wurden aufgegeben. Die Wagentrecks, Warenlieferungen und Viehtriebe durch Arizona blieben mangels des militärischen Schutzes aus und die Siedler rund um Tubac und Tucson verließen das Gebiet aus Furcht vor Überfällen durch die Apachen.

Cochise nahm Rache, indem er einerseits zuerst so viele Weiße wie möglich tötete und im zweiten Schritt dafür sorgte, dass die restlichen Siedler und Schürfer das Gebiet verließen und nicht wagten zurückzukommen. Beides gelang ihm mehrere Jahre. Er schaffte es, die Siedler aus Arizona ein Stück weit zu vertreiben, aber die Kämpfe, die dafür nötig waren, forderten viele Opfer unter den Ndeh wie auch unter den Blaujacken.

Kapitel 13

Cochises Rache ist grausam

Im April 1861 gingen die Überfälle gegen die Eindringlinge weiter. Ein Weißauge namens Giddings wollte die Postkutschenstation wieder eröffnen. Seine vier Männer und er selbst wollten die alte Overland-Station für eine Post-Route nutzen, die bis nach San Diego führen sollte. Cochise aber duldete keine Weißaugen mehr in diesem Gebiet.

»Geronimo hatte die ganze Zeit recht. Man kann den Pindah-Lickoyee nicht mehr trauen wie den Nakai-Yes. Ich habe ihnen vertraut und sie haben mich betrogen.«

Ich schwieg, denn ich wusste, dass Cochise der Verlust des Bruders noch immer sehr schmerzte. Er fühlte sich schuldig, dass er seine Familie in diese tödliche Gefahr gebracht hatte. Wie alle Ndeh sprachen wir den Namen der Toten nicht mehr aus, denn wir wollten sie nicht von ihrem Happy Place zurücklocken.

Genau wie Cochise, der seinen Vater und älteren Bruder an die Nakai-Yes und nun auch seinen anderen Bruder und die Neffen an die Pindah-Lickoyee verloren hatte, musste auch ich mit den Verlusten mehrerer Frauen, Kinder und meiner Mutter, die brutal von den Feinden ermordet worden waren, klarkommen. Unser Leben bestand aus Kampf, Rache und Flucht.

»Ich habe gehört, dass die Kutschen oben am Apache-Pass wieder fahren sollen«, sagte ich.

Cochise schüttelte den Kopf.

»Fünf Männer waren dort. Wir haben sie am Doubtful Canyon gefangengenommen und getötet. Den Mann, den sie Giddings nannten, und der ihr Anführer war, haben wir mit dem Kopf über ein kleines Feuer gehängt. Er ist langsam gestorben. Seine Schreie haben die Blaujacken vielleicht bis zu den Forts gehört«, sagte er.

Ich lachte, aber Cochise blickte ernst.

»Noch mehr Weißaugen werden sterben. Es ist wie mit den Legenden über Ussen und unsere Vorfahren, Geronimo. Wir dürfen nie vergessen, was unsere Feinde getan haben. Wir dürfen ihnen nicht vertrauen.«

Ich nickte und rauchte meinen Tobaho.

»Cochise hat recht. Wir dürfen nie vergessen, wie gefährlich und zahlreich sie sind.«

Kapitel 14

Die Schlacht vom Apache-Pass

Cochise und seine Krieger rächten den Tod seines Bruders und seiner beiden Neffen. Der Häuptling der Chiricahua, der viele Ernten alle Nakai-Yes gehasst hatte, war nun zu einem erbitterten Feind der Pindah-Lickoyee – der Weißaugen geworden. Er verschonte nur die, mit denen er handelte, denn trotz seiner Wut hielt er sich immer an seine Versprechen. Immer wieder überfielen er und Mangas Coloradas einzelne Wagentrecks und Kutschen und töteten die Männer, die sie begleiteten. Bei jeder Gelegenheit stahlen die Krieger das Vieh der Siedler.

Im Sommer 1862 hatten Cochise zusammen mit Mangas Coloradas zwanzig Mal beide Hände Krieger um sich versammelt. Wir waren auf dem Kriegspfad und kämpften an der Seite der beiden höchsten Anführer aller Ndeh. Bald schon sahen wir aber etwas, das uns beunruhigte.

Immer mehr Blaujacken kamen in unser Gebiet. Zuerst dachten wir, dass sie sich vor uns fürchteten und deshalb mehr Soldaten rund um die Berge verteilten, aber es gab andere Gründe. Unsere Späher berichteten, dass sich die Kämpfe zwischen den Blaujacken und den Männern in den grauen Uniformen bis in unser Gebiet ausbreiteten. Wir verstanden noch immer nicht, warum die Pindah-Lickoyee sich gegenseitig töten wollten.

»Trotz der vielen Kämpfe haben die Blaujacken noch immer genügend Männer. Sie sind zahlreicher als die Ameisen«, erklärte ich Mangas Coloradas am Kochfeuer meiner Frauen.

Wir saßen zusammen und rauchten, während der Geruch von frisch gebratenem Fleisch unsere Bäuche knurren ließ wie ein Rudel Kojoten.

Mangas Coloradas nickte.

»Sie kämpften lange gegen die Nakai-Yes, nun gegen uns und die Graujacken. Sie scheinen niemanden um sich herum zu dulden, egal welches Volk. Viele wurden getötet und dennoch sind die Forts voller Männer der Pindah-Lickoyee. Ich frage mich, warum Ussen es zulässt, dass sie unsere Heimat so zahlreich durchwandern und uns dabei jagen können wie die Hasen in der Wüste.«

Ich schwieg. Zwar hatte ich meine Kraft, aber sie zeigte mir nicht für alles Antworten. Auch ich verstand nicht, warum unser Schöpfer es erlaubte, dass wir von den Feinden der Nakai-Yes und nun von den Feinden mit den hellen Augen umzingelt wurden. Alles, was wir wollten, war frei zu leben.

»Was ich nicht verstehe, ist, warum die Pindah-Lickoyee ein Volk als Feind sehen und einen Mond später plötzlich als Freund. Man weiß nie, was sie denken. Männer, die Feinde und Freunde schneller als der Wind tauschen, sind sehr gefährlich.«

Am nächsten Morgen kam ein Späher ins Lager.

»Wir haben viele Blaujacken gesehen. Sie marschieren auf dem Pfad zu dem Ort, den sie Apache-Pass nennen.«

Cochise runzelte die Stirn. Ihn erinnerte der Ort noch immer an die Gefangennahme seiner Familie. Er hatte die Ermordung seines Bruders und seiner beiden Söhne, die ihn Onkel genannt hatten, nicht vergessen.

»Ich hätte Teniente Bascom und seinen Blaujacken nicht vertrauen dürfen.«

Ich schüttelte meinen Kopf.

»Man weiß nie, was die Soldaten vorhaben. Du konntest nicht wissen, dass sie deine Familie gefangen nehmen und töten würden. Deine Frau und deine beiden Kinder sind frei und dein Bruder Coyuntura und seine Söhne sind an ihrem Happy Place. Dort werden sie auf uns warten. Cochise muss sich nicht schuldig fühlen. Er hat viele Pindah-Lick-oyee getötet. Enjuh – es ist gut.«

Cochise nickte dem Späher zu.

»Setz dich an das Feuer und berichte, was du gesehen hast.«

»Die Blaujacken sind am Fluss, den sie San Pedro nennen. Sie kommen aus Westen und gehen Richtung Dragoon Springs. Es sind mindestens zwölf Mal beide Hände.«

»Hm«, brummte Mangas Coloradas. »Das sind viele Blaujacken. Was wollen sie bei Dragoon Springs und am Apache-Pass? Dort gibt es doch keine Siedlung der Weißaugen.«

Der Späher schaute dem Häuptling der Bedonkohe offen in die Augen.

»Ich glaube, sie wollen dorthin, wo die Kämpfe mit den Graujacken sind. Wenn sie den Apache-Pass durchqueren, kommen sie am schnellsten zu diesem Ort. Aber sie haben viele Pferde und Maultiere dabei. Die Blaujacken und alle Tiere gehen müde. Ich bin sicher, sie brauchen viel Wasser. Wenn sie am Pass sind, machen sie sicher dort Lager, wo Apache Springs fließt und wo Teniente Bascom sein Lager hatte.«

»Wie viele Soldaten auf Pferden?«, wollte ich nun wissen.

Ich vermutete reiche Beute für uns.

Der Späher überlegte kurz.

»Zweimal zwei Hände. Alle haben Gewehre, Langmesser und Pistolen.«

Cochise kratzte sich am Kinn und überlegte.

»Wir haben mehr Krieger als die Blaujacken. Wie viele Pferde und Maultiere könnten wir stehlen?«

Der Späher lachte.

»Sie haben mehr Tiere dabei als Blaujacken. Zwanzig Mal beide Hände oder mehr. Genügend für die Bedonkohe und andere Ndeh. Es wäre reiche Beute. Sie haben auch viele Wagen. Wir wissen nicht, welche Waren sie darin haben, aber ich glaube, es wären viele Säcke mit Mais, Mehl und

Bohnen, vielleicht auch Gewehre, der süße Sand und Kaffee. All das, was die Blaujacken bei sich haben, wenn sie viele Monde mit vielen Männern reiten.«

Ich grinste Cochise an.

»Vielleicht auch ein paar Flaschen des brennenden Wassers?«

Mangas Coloradas lachte.

»Geronimo denkt an die Nächte voller Freude, bis uns die Bäuche schmerzen von dem vielen Essen und der Mescal uns verrückt macht. Die Frauen müssten das Kochfeuer tagelang brennen lassen und nachts unsere Decken wärmen. Das wäre eine gute Zeit. Enjuh – ich sage, wir überfallen sie. Was sagt Cochise?«

Der Häuptling der Chiricahua nickte.

»Gute Beute zu machen, würde die Krieger freuen. Wenn wir viel aus den Wagen wegbringen und die Pferde und Maultiere in unsere Lager treiben, können wir lange in den Bergen bleiben und müssen nicht zu den Nakai-Yes reiten. Wir hätten genügend zu essen bis zur Zeit des Geistgesichts. Enjuh – gut. Wir reiten, bevor die Sonne aufgeht.«

Am nächsten Morgen beobachteten wir den Zug der Blaujacken. Sie hatten viele Wagen, Pferde und Maultiere dabei. Wir hatten zwanzig Mal beide Hände an Kriegern in den Hügeln versteckt, die nur darauf warteten, die Blaujacken zu töten. Es war die größte Gruppe unserer Krieger, die zusammen in den Kampf gezogen war. Noch nie war ich an der Seite von so vielen Ndeh geritten.

Wir schauten den Blaujacken im Lager in der Nähe des San Pedro Flusses zu, wie sie sich für den Marsch bereit machten. Da trennte einer der Tenientes sieben seiner Reiter, drei Wagen und zwei seltsame Stangen aus Pesh auf großen Rädern von den anderen Blaujacken und schickte sie voraus zur Quelle, die sie Dragoon Springs nannten. Cochise schnalzte mit der Zunge.

»Dieser Teniente scheint klug zu sein. Er schickt ein paar seiner Männer voraus wie Späher. Wahrscheinlich suchen sie Wasser.«

Ich lauschte den Rufen der Blaujacken, denn der Wind trug ihre Sprache zu uns.

»Sie nennen ihn Roberts. Es scheint, als ob er eine weitere Gruppe von den anderen trennt. Das macht es uns einfacher, sie anzugreifen.«

Mangas Coloradas aber schüttelte den Kopf.

»Geronimo irrt sich. Dieser Mann da unten ist schlau wie der Kojote. Greifen wir die Gruppe seiner Späher an, sind die anderen gewarnt. Selbst wenn wir die paar Blaujacken töten, hat er die größere Zahl Männer noch immer in Sicherheit.« Er zeigte auf die alte Kutschenstation. »Schau dort, der Wicki-Up der Weißaugen aus dem braunen Stein. Er hat zweimal beide Hände Kämpfer dort. Sie haben Schutz hinter den Mauern, genauso wie es bei den Postkutschen-Männern war als wir Bascom überfallen wollten. Dieser Mann kämpft gut und schlau. Wir müssen aufpassen.«

Wir beobachteten Teniente Roberts und die kleinere Gruppe Späher weiter. Sie ritten zur Quelle Dragoon Springs, gut dreißig Meilen weg von ihrem Nachtlager.

»Ah, ich glaube, sie wollen sicher gehen, ob genug Wasser für alle Blaujacken und Tiere da ist. Ich bin sicher, die anderen werden folgen, wenn er ihnen Bescheid gibt.«

Ich hatte recht, denn es war genauso, wie ich sagte. Ein paar Tage, bevor die Blaujacken in dieses Gebiet kamen, war Regen gefallen, denn die Zeit der großen Blätter brachte das gezackte Licht am Himmel und Huachuca, den Donner aus Mexiko. Die Quellen flossen reichlich und wie ich vermutet hatte, folgten die restlichen Blaujacken am nächsten Morgen. Noch hatten uns die vielen Soldaten nicht bemerkt, denn niemand konnte einen Ndeh sehen, wenn er nicht entdeckt werden wollte. Wir beobachteten, wie sie auch am nächsten Tag die nächste Quelle auf die gleiche Art suchten.

»Diese Blaujacken sind schlauer als alle, die ich bis jetzt gesehen habe. Mit so vielen Pferden und Maultieren würden sie normalerweise sofort zum Wasser laufen wie eine durstige Kuh. Diese Männer aber sind vorsichtig. Ich glaube, ihr Anführer ist gefährlich. Er tut nichts, ohne vorher zu denken.«

Am Mittag des 15. Juli erreichte Teniente Roberts den Ort, den die Weißaugen Apache-Pass nennen. Wir waren so viele Krieger wie noch nie zuvor. Die reichhaltige Beute und die Chance, den Blaujacken eine empfindliche Niederlage zu bereiten, stachelten unseren Kampfgeist an.

Den Blaujacken ging es nicht gut. Sie waren erschöpft, denn ihr Marsch zur Quelle am Apache-Pass war lang gewesen und die Sonne brannte heiß. Sie waren es nicht wie wir gewohnt, durch die Wüste zu laufen. Ihre Uniformen waren warm und schwer. Wir aber waren Kinder der Wüste und der Berge und uns konnte weder Sonne noch Bruder Wind, weder Hitze noch Kälte etwas anhaben.

Wir versperrten den Blaujacken und ihren Tieren den Weg zum dringend benötigten Wasser. Teniente Roberts war in einer schwierigen Lage. Er wusste, dass seine Männer es nicht bis zurück nach Tucson schaffen würden, wenn sie kein Wasser bekommen würden.

Ich war stolz auf die Ndeh, denn diesmal kämpften auch wir schlau wie Bruder Kojote. Die Gegend war voller Steine und wir hatten über Nacht verschiedene Mauern aus den kleineren Felsen gebaut. Sie gaben uns gute Deckung gegen die Gewehre der Blaujacken. Mangas Coloradas hielt uns zurück.

»Bleibt hinter den Felsen. Schießt erst auf sie, wenn sie nahe genug herangekommen sind und sie unseren Kugeln und Pfeilen nicht mehr entkommen können. Wir haben weniger Munition als sie und ihre Gewehre schießen weiter. Nehmt euch in Acht, denn dieser Teniente ist klug und wir müssen sie mit ihrer eigenen Art zu kämpfen schlagen.«

Wir warteten hinter den Hügeln aus Steinen ab und erst als die Männer und Teniente Roberts nah genug waren, griffen wir aus dem Hinterhalt an. Wir waren so viele wie Steine in den Dragoon-Bergen. Hinter jedem Felsen und Mesquite-Busch war ein Krieger der Ndeh bewaffnet und bereit zu töten. Für die Blaujacken war es beinahe unmöglich, auf uns zu schießen, denn wir hatten uns gut verbarrikadiert, genauso wie es Teniente Bascom vor einem Jahr gemacht hatte.

»Rückzug, Männer! Zurück zum Eingang des Tals!«

Teniente Roberts schrie seine Männer an. Sie flohen wie die Hasen und ich lachte laut. Cochise blickte aber sehr ernst.

»Freut sich mein Bruder der Chiricahua nicht, dass wir sie in die Flucht schlagen?«, wollte ich wissen.

Der Häuptling zögerte, während die Krieger sich schon bereitmachten, aus ihrer Deckung heraus die Blaujacken zu verfolgen.

»Da war keine Angst in seiner Stimme«, sagte Cochise.

»Hm, was meinst du?«, fragte Mangas Coloradas.

»Wir sind viele und haben sie mit dem Hinterhalt überrascht. Teniente Roberts hat den Rückzug befohlen, aber er klang nicht ängstlich. Seht hin! Er flieht nicht mit seinen Männern, sondern sammelt sie um sich. Sie stellen sich auf und sind sofort bereit zum Kampf. So etwas habe ich noch nie gesehen. Er scheint ein sehr mutiger Mann zu sein und es sieht so aus, als ob er uns erwartet hat.«

Ich lachte.

»Vielleicht, aber vielleicht ist er auch loco, wie die Nakai-Yes sagen. Die Sonne und der Durst haben ihn verrückt gemacht.«

Wir beobachteten die Blaujacken weiter. Roberts befahl einer Hand der Soldaten auf den Pferden auf den Hügel zu reiten, der den besten Blick auf den Pass bot. Wir hatten keine Krieger dort oben und so erreichten die Soldaten die Erhebung ohne Verluste. Teniente Roberts blieb aber mit ein paar Blaujacken bei den beiden Wagen. Ein paar seiner anderen Männer, die in Richtung der anderen Hügel ritten, schafften es bis zur Butterfield Overland-Station, die schon im Jahr zuvor mitten im Kampfgebiet als Schutz diente. Es gefiel uns nicht, dass sie hinter den Mauern sichere Deckung haben würden. Allerdings war die Quelle mit dem wertvollen Wasser noch immer gut 600 Yards entfernt. Teniente Roberts wusste, dass er die Quelle erobern musste, wenn seine Männer und Tiere den Marsch überleben sollten. Das nächste Wasser war zu weit weg. Er konnte nicht auf die Apache-Spring-Quelle verzichten und da die Overland-Station schon mehrere Monate nicht besetzt gewesen war, hatte niemand die Zisterne am Gebäude selbst gefüllt.

Wer trinken wollte, musste also an die Quelle und dort warteten wir.

Wir griffen von unserer erhöhten Position aus an. Dass wir oberhalb der Talsohle waren, rettete aber vielen von unseren Kriegern das Leben. Wir fühlten uns schon wie die Sieger, als Teniente Roberts die seltsamen Pesh-Stangen auf den großen Rädern zu uns drehte. Wir beobachteten die Blaujacken und verstanden nicht, was sie mit den Wagen machten, als sie große Pesh-Kugeln in den dunklen Mund der Stangen rollen ließen. Kurz danach erklang ein Donner, so laut wie während der Stürme in den Huachuca Bergen. Wir erschraken sehr, aber wurden nicht getroffen.

»Was ist das für ein Feuerwagen?«, wollte ich wissen.

Cochise schüttelte den Kopf.

»Ich habe so etwas noch nie gesehen. Der Wagen scheint Pesh-Kugeln und Feuer spucken zu können.«

Mangas Colorados lachte.

»Es trifft uns nicht. Was nützt es ihnen dann?«

Dank der vielen Raubzüge hatten wir selbst auch bessere Feuerwaffen, die wir den getöteten Weißaugen abgenommen hatten, und fühlten uns sicher, da wir auch mehr Krieger dabeihatten als die Soldaten. Wir fühlten uns stärker als die Feinde, aber unsere Übermacht nahm ein jähes Ende, als die Soldaten ihre neuen Feuerwagen wieder gegen uns richteten. Sie zogen sie mit Maultieren näher heran.

»Ich frage mich, mit welchen Geistern die Pindah-Lickoyee in Verbindung stehen, dass sie solche Feuerwagen schaffen können. Haben sie die Geister der Berge bei sich? Habt ihr gesehen, wie weit diese große Kugel geflogen ist?«, wollte Cochise wissen.

Roberts befahl indes seinen Männern, die Feuerwagen näher zu uns zu rollen. Wieder schoben sie Pesh-Kugeln in die dunkle Öffnung vor ihnen, wieder füllten sie das Rohr mit dem schwarzen Pulver, das zu Feuer wurde, und hielten eine brennende Fackel bereit.

»Feuer«, schrie Teniente Roberts und abermals hörten wir den lauten Huachuca.

Diesmal wurde ein Hügel aus Felsen getroffen, hinter dem mehrere Krieger lauerten. Sie flogen mit den Steinen durch die Luft. Einer der Chiricahua wurde von der Pesh-Kugel auseinandergerissen und das Blut bedeckte die Felsen und den Boden. Wir konnten die Männer auf der Talsohle nicht angreifen, denn wieder und wieder klang der Donner und Pesh-Kugeln flogen bis zu uns. Wir waren verängstigt trotz der Zahl der vielen Ndeh-Krieger. Zwar konnten wir den Zugang zur Quelle noch immer blockieren, aber als die Dunkelheit über uns kam, schlichen wir uns aus dem Tal. Noch nie hatten wir so viel Zerstörung durch eine einzige Waffe gesehen.

Mangas Coloradas, Cochise und viele andere hielten Rat. Ich machte mir Sorgen, dass die Pindah-Lickoyee solche Dinge wie diese Feuerwagen erschaffen konnten. Das konnte nicht ohne die Kraft der Geister geschehen sein.

»Wir sind verloren«, sagte Cochise. »Die Blaujacken haben die Geister auf ihrer Seite. Sie können viele von uns mit nur einem Donner töten.«

Am nächsten Morgen, als Roberts realisierte, dass die Apachen dank der beiden zwölf Pfünder Berghaubitzen geflohen waren, ließ er seine Männer zur Quelle marschieren. Die Männer waren erleichtert und Roberts erlaubte der müden Truppe, mehrere Lagerfeuer zu machen und eine anständige Mahlzeit zu sich zu nehmen. Die beiden Haubitzen hatte er so positioniert, dass sie jederzeit abgefeuert werden und einen weiteren Angriff abwehren konnten.

Wir griffen zwar noch einmal an, aber als die Feuerwagen abermals auf uns schossen, flohen wir Richtung Mexiko.

»Wie viele Männer haben wir verloren?«, wollte ich von Chato, einem von Cochises Kriegern wissen.

Chato blickte ernst zum Apache-Pass zurück.

»Beide Hände, vielleicht ein paar mehr. Diese beiden Wagen mit den großen Pesh-Kugeln haben mit einem einzigen Donner eine Hand Männer getötet.«

»Wie viele Blaujacken sind tot?«

Chato zuckte mit den Schultern.

»Weniger als eine Hand.«

Ich blickte zu Cochise.

»Wir brauchen bessere Waffen und mehr Kugeln, wenn wir gegen die Blaujacken kämpfen«, sagte ich. »Eine große Menge an Kriegern ist nicht genug.«

Cochise nickte.

»Ich verstehe nun, warum Teniente Roberts keine Angst gezeigt hat. Er wusste, dass die Wagen, die Feuer und Tod spucken, stärker sind als zehn Mal beide Hände Ndeh Krieger. Wir hätten sie besiegt, wenn sie nicht diese zwei Feuerwagen bei sich gehabt hätten. Sollen wir versuchen, sie zu stehlen?«

Ich schüttelte den Kopf.

»Cochise weiß, dass sie uns nichts nutzen werden. Wir können sie nicht mitnehmen und wissen auch nicht, wie wir das Feuer und den Tod aus ihnen herausbringen. Wie will Cochise sie in die Berge bringen? Die Pfade sind zu schmal. Wenn wir in der Nacht fliehen müssen, ohne dass man uns hört, sind ihre Räder zu laut auf den Steinen. Auf den schmalen Pfaden würden sie abstürzen und die Pferde, die sie ziehen, in den Tod reißen. Nein, alles, was wir tun können, ist schlau und leise zu kämpfen und schnell wie die Schlange zu töten.«

»Geronimo spricht weise«, sagte Cochise.

Er blickte über die Schulter zurück.

»Wir können ihnen schaden, wenn wir sie oft an der Quelle überfallen. Das Wasser ist das Wichtigste hier am Apache-Pass. Aber ich glaube, dass die Blaujacken bald ein Lager, das sie Fort nennen, hier aufbauen werden. Ich bin sicher, dass sie die Weißaugen in Zukunft besser schützen werden, wenn diese durch den Apache-Pass und zur Quelle reiten.«

Cochise war ein kluger Anführer der Ndeh und er sollte recht behalten, denn nur einen Mond später fingen die Blaujacken an, ein Lager in der Nähe der Quelle zu errichten.

Chato kam zu uns gelaufen und zeigte auf drei Krieger, die vorsichtig einen Verletzten trugen.

»Mangas Coloradas ist verletzt. Er wollte einen der verräterischen Scouts töten, aber sie haben ihn in die Brust geschossen.«

Cochise lief zu seinem verwundeten Schwiegervater.

»Er ist schwer getroffen. Wir müssen sofort fliehen«, rief er uns zu. »Die Grenze zu den Nakai-Yes ist nicht weit. Dort können uns die Blaujacken nicht angreifen. Lasst uns sofort gehen. Wir brauchen einen Medizinmann.«

Wir alle machten uns große Sorgen um den Häuptling der Bedonkohe, aber er war ein starker Mann und meine Kraft zeigte mir, dass wir es bis zu den Nakai-Yes schaffen würden. Auf dem Weg dorthin trafen wir auf mehrere Pindah-Lickoyee. Wir waren zornig, dass uns die große Beute in den vielen Wagen der Blaujacken entgangen war und die Krieger ließen die Weißaugen ihre Wut spüren. Sie töteten alle neun Männer und skalpierten sie, während wir anderen Ndeh versuchten, so schnell wie möglich Hilfe für Mangas Coloradas zu finden. Wir trugen den Häuptling den ganzen Weg bis in ein Dorf der Naikai-Yes.

Wir kamen in eine kleine Stadt. Mangas Coloradas sprach nicht mit uns. Er hatte seine Augen geschlossen, aber er atmete noch. Der Vater von Cochises Frau war noch nicht an seinem Happy Place.

Es dauerte nicht lange und ein paar unserer Krieger zwangen den Medizinmann der Nakai-Yes, dem angeschossenen Häuptling zu helfen. Zuerst wollte der Mann nichts für den Häuptling der Bedonkohe tun, aber als er die große Anzahl an Kriegern sah, wusste er, dass er die nächste Hand nicht erleben würde, wenn er es nicht versuchte.

Er deutete auf den schwer verletzten Mann, den er dank seiner Statur und Größe sofort erkannte.

»Mangas Coloradas?«

Cochise nickte.

»Er hat Pesh in seiner Brust.«

Der Doktor sah uns Krieger grübelnd an.

»Ich versuche es, aber der Mann ist schwer verletzt.«

Cochise blickte auf seinen Schwiegervater.

»Es wird dir nichts geschehen, Nakai-Yi. Wenn es Ussens Wille ist, geht er zu seinem Happy Place. Wenn du ihn rettest, werde ich dich und deine Familie immer verschonen.

Auch die anderen Ndeh werden dir nichts tun für den Rest deines Lebens.«

Der Nakai-Yi nickte, aber der Schweiß auf seiner Stirn zeigte, wie sehr er uns fürchtete. Er musterte einen Moment mein Gesicht. Ich war sicher, dass er mich erkannte. Alle Nakai-Yes kannten Geronimo und sie wussten auch, wie sehr ich ihr Volk hasste. Ich blickte ihn an.

»Mach ihn gesund. Er ist ein großer Mann. Ich werde dir nichts tun, aber versuche nicht, einem von uns eine Falle zu stellen oder Mangas Coloradas zu töten. Nutze deine Medizin. Wenn er lebt, werde auch ich dich verschonen. Du stehst unter dem Schutz von Cochise. Auch ich halte mich an sein Versprechen.«

Ich wartete draußen und rauchte, während der Medizinmann der Naikai-Yes die Kugel herausschnitt.

Wir konnten nicht lange in der Siedlung bleiben. Das Risiko war zu groß und wir hatten das Gemetzel von Janos nicht vergessen. Wir wussten nicht, wo die Soldaten der Nakai-Yes waren. Vielleicht waren sie in dieser Gegend.

Sobald Dasoda-Hae stabil war, trugen wir ihn zurück in eines der Berglager der Ndeh. Es dauerte zwei ganze Monde bis Dasoda-Hae wieder zu Kräften kam.

Cochise hatte recht gehabt. Schon bald wurde Fort Bowie am Apache-Pass zum Schutz der Reisenden errichtet. Die fünfte kalifornische Infanterie baute den Stützpunkt und nannte das Fort nach George Washington Bowie. Das machte Überfälle auf die Kutschen und Wagentrecks schwieriger für uns.

Was wir zu diesem Zeitpunkt nicht wussten, war, dass ausgerechnet der brutale und gefährliche Offizier Carleton, der schon die Navajos bezwang, zum Kommandanten des Unionsministeriums ernannt wurde. Wir wussten nicht, was das bedeutete, aber schon bald bekamen wir zu spüren, dass er nun einer der obersten Nantans aller Blaujacken war und den Krieg gegen die Ndeh noch brutaler führen wollte, wie er es schon bei den Navajos getan hatte. Alles, was er wollte, war unser Tod. Ihm war es egal, ob er Krieger, Frauen oder unsere Kinder umbrachte.

Kapitel 15

Der Kampf gegen die Weißaugen geht weiter

Nantan General James Carleton war der Mann, der den Navajos alle Schafe abgeschlachtet und die ganze Ernte vernichtet hatte. Er und sein Scout Carson besiegten zusammen unsere Brüder und Schwestern von den Navajos am Canyon de Chelly und zwangen sie, auf demselben Stück schlechten Landes wie die Mescalero zu leben. Bald aber sahen wir Truppen seiner Soldaten mitten durch unsere Heimat ziehen. Sein Befehl sprach sich bereits nach wenigen Monden wie eine dunkle Bedrohung herum: »Tötet jeden Indianer, der euch vor das Gewehr läuft.«

Ich suchte Rat bei Mangas Coloradas, der sich langsam von seiner Wunde erholte.

»Dieser Mann will nicht gegen uns kämpfen. Er will uns auslöschen von dieser Welt.«

Auch Mangas Coloradas blickte besorgt, aber dennoch versuchte er, mutig zu bleiben.

»Unser Leben ist nicht wie das der Navajos. Er wird uns nicht besiegen können, indem er unsere Viehherden und Ernten zerstört. Wir leben frei wie der warme Wind, der durch dieses Gebiet zieht. Wir sind nicht gebunden an mühsam bepflanzte Felder, sondern können uns unterwegs nehmen, was wir brauchen. Es gibt genügend Rancherias und Siedler, die wir überfallen können, wenn wir Fleisch oder frische Pferde brauchen. Uns einzufangen ist so, als ob man versuchen würde den Wind zu greifen oder den Vogel im Flug mit bloßen Händen aufzuhalten.«

Ich dachte an die Feuer spuckenden Pesh-Stangen, die am Apache-Pass viele unserer Krieger getötet hatten.

»Was ist, wenn sie so mächtig sind, dass sie sogar den Wind einfangen können, Dasoda-Hae? Ich fürchte um die Zukunft der Ndeh. Vielleicht hat Cochise doch recht, wenn er sagt, dass wir nur weiterleben können, wenn wir uns den Weißaugen und ihren Verträgen beugen.«

Mangas Coloradas blickte mich erstaunt an.

»Ist Geronimo des Kampfes müde?«

Ich schüttelte den Kopf.

»Nein, mein Freund. Ich würde kämpfen bis zu dem Tag, an dem mich mein Geisterpony zum Happy Place bringt, aber was ist mit unseren Frauen und Kindern? Müssen wir nicht auch für sie entscheiden? Es ist unsere Aufgabe, sie zu beschützen.«

Mangas Coloradas, der in seinem Stamm Dasoda-Hae genannt wurde, rauchte schweigend seinen Tobaho, den er von einem Nakai-Yes Händler für ein Stück Leder getauscht hatte. Er bot auch mir welchen an und wir blickten beide in das Kochfeuer seiner Frau. Für einen Moment schwiegen wir und lauschten dem Knistern der Flammen und dem leisen Lachen der Frauen beim Braten von Fleisch. Es war ein friedlicher Moment und beinahe konnte man meinen, dass alles so wie früher war. Es war ein guter Moment, der das Herz wärmte. Dennoch wussten wir um die Gefahr, die wie große schwarze Wolken über den Ndeh schwebte. Dasoda-Hae nickte schließlich.

»Ich verstehe meinen Schwiegersohn Cochise. Enjuh – gut. Ich werde ihn bei den Verhandlungen mit den Weißaugen unterstützen. Vielleicht ist es im Reservat für uns nicht so schlecht wie für die Mescalero.«

»Hm, wir würden viel aufgeben. Unsere Freiheit und das Recht, auf Raubzüge zu gehen. Unsere Krieger können keine Kampferfahrung sammeln, keine Beute machen und sich nicht als Krieger beweisen.«

Der Häuptling der Mimbreno, wie sein Stamm bei den Nakai-Yes genannt wurde, nickte.

»Geronimo spricht weise. Aber im Reservat würden unsere Frauen auch Essen bekommen und müssten nicht andauernd auf der Flucht sein. Wie viele Kinder haben wir in den Kämpfen verloren, als uns die Nakai-Yes und auch die Weißaugen überfallen haben? Denk an die Pesos, die sie für das Haar eines Ndeh bekommen. Haben sie jemals gezögert, einen Ndeh zu skalpieren? War es ihnen nicht egal, ob es eine Frau oder sogar ein kleines Kind war?«

Ich schwieg und dachte an meine erste Frau Alope und die beiden Kinder und an meine Mutter, die in ihrem eigenen Blut ohne Skalp in Janos auf der blutgetränkten Erde gelegen waren.

»Enjuh – wir versuchen es. Ich werde auch mit den Bedonkohe und den Nedhni sprechen. Wenn das Leben im Reservat nicht gut ist und die Blaujacken ihre Versprechen auf dem Papier mit den seltsamen schwarzen Spuren brechen, verlässt Geronimo aber das Reservat noch im selben Mond. Dann werde ich weiterkämpfen, auch ohne Cochise und Mangas Coloradas.«

Der ältere Häuptling nickte.

»Enjuh – lass uns mit Cochise sprechen. Wir versuchen, Frieden zu schließen mit den Weißaugen.«

Die Entscheidung, die Mangas Coloradas an jenem Tag fällte, sollte sich als fatal erweisen für sich und sein Volk. Bald schon würde Mangas Coloradas einen furchtbaren Preis für die Sehnsucht nach Sicherheit für seinen Stamm bezahlen.

ENDE

Die Autorin arbeitet bereits an Band 2 – Die Veröffentlichung ist für die zweite Jahreshälfte 2024 geplant.

Danksagung

Vielen Dank an meinen Autorenkollegen und Freund Michael Farmer, der mir mit seiner über fünfzehnjährigen Recherche zum Thema Apachen stets bei Fragen zur Seite stand. Michael Farmer ist ein vielfach ausgezeichneter US-Autor und Kenner der Geschichte der Apachen und eine wahre Inspiration.

Die Autorin auf Studienreise für die Recherchen zu
ihrer Geronimo-Romanreihe in Arizona, USA

Overland-Postkutschenstation

Typische Wicki-Up-Unterstände der Apachen (siehe
auch die nächsten beiden Bilder)

Die Apache Spring-Quelle

Ihre Zufriedenheit ist unser Ziel!

Liebe Leser, liebe Leserinnen,

hat Ihnen unser Buch gefallen? Haben Sie Anmerkungen für uns? Kritik? Bitte zögern Sie nicht, uns zu schreiben. Wir werden jede Nachricht persönlich lesen und beantworten.

Schreiben Sie uns: info@ek2-publishing.com

Wussten Sie schon, dass Sie uns dabei unterstützen können, deutsche Militärliteratur sichtbarer zu machen? Bitte nehmen Sie sich einen Moment Zeit und bewerten Sie dieses Buch auf Amazon. Viele positive Rezensionen führen dazu, dass das Buch mehr Menschen angezeigt wird.

Sie können somit mit wenigen Minuten Zeitaufwand unserem kleinen Familienunternehmen einen großen Gefallen tun. Vielen Dank für Ihre Unterstützung!

PS: In seltenen Fällen kommt ein Buch beschädigt beim Kunden an. Bitte zögern Sie in diesem Fall nicht, uns zu kontaktieren. Selbstverständlich ersetzen wir Ihnen das Buch kostenlos.

Verpassen Sie keine Neuerscheinung mehr!

Tragen Sie sich in den Newsletter von *EK-2 Militär* ein, um über aktuelle Angebote und Neuerscheinungen informiert zu werden und an exklusiven Leser-Aktionen teilzunehmen.

Als besonderes Dankeschön erhalten Sie **kostenlos** das E-Book »Die Weltenkrieg Saga« von Tom Zola. Enthalten sind alle drei Teile der Trilogie.

Klappentext: Der deutsche UN-Soldat Rick Marten kämpft in dieser rasant geschriebenen Fortsetzung zu H.G. Wells »Krieg der Welten« an vorderster Front gegen die Marsianer, als diese rund 120 Jahre nach ihrer gescheiterten Invasion erneut nach der Erde greifen.

Deutsche Panzertechnik trifft marsianischen Zorn in diesem fulminanten Action-Spektakel!

Band 1 der Trilogie wurde im Jahr 2017 von André Skora aus mehr als 200 Titeln für die Midlist des Skoutz Awards im Bereich Science-Fiction ausgewählt und schließlich von den Lesern unter die letzten 3 Bücher auf die Shortlist gewählt.

»Die Miliz-Szenen lassen einen den Wüstensand zwischen den Zähnen und die Sonne auf der Stirn spüren, wobei der Waffengeruch nicht zu kurz kommt.«
André Skora über Band 1 der Weltenkrieg Saga.

Link zum Newsletter:
https://ek2-publishing.aweb.page

Über unsere Homepage:
www.ek2-publishing.com
Klick auf *Newsletter* rechts oben

Via Google-Suche: *EK-2 Verlag*

Historische Romane von EK-2
Unsere Empfehlungen für Sie

Die Schweiz im Jahre 1474. Eiserne Rüstungen und Schwerter blitzen im Sonnenlicht, der Pulverdampf der Steinbüchsen liegt in der Luft … Lassen Sie sich auf die Schlachtfelder der Burgunderkriege katapultieren, wenn der tapfere Söldner Matthias um Ehre, Freiheit und die Liebe seines Lebens kämpft!

Überall erhältlich, wo es Bücher gibt.
Auch als Hörbuch!

Sichern Sie sich jetzt die Vorgeschichte als gratis E-Book!

Lesen Sie die Vorgeschichte zu Antoine de la Fères phänomenalem Mittelalter-Zyklus „Die Burgunderkriege" über den Kampf der Schweizer Eidgenossen für Freiheit und Unabhängigkeit im 15. Jahrhundert.
Das E-Book ist kostenlos. Das Taschenbuch gibt es bereits für 5,00€!

Erleben Sie packende Freibeuter-abenteuer auf hoher See!

Eine Veröffentlichung der EK-2 Publishing GmbH

Friedensstraße 12
47228 Duisburg
Registergericht: Duisburg
Handelsregisternummer: HRB 30321
Geschäftsführerin: Monika Münstermann

E-Mail: info@ek2-publishing.com
Website: www.ek2-publishing.com

Coverart: Markus Röhr
Umschlag: Jörg Piesker
Autorin: Manuela Schneider
Lektorat: Martina Wehr
Buchsatz: Jill Marc Münstermann

2. Auflage, Juni 2024

Druckhinweis:
Libri Plureos GmbH
Friedensallee 273
22763 Hamburg